Cadenza
カデンツァ 4
「弱いまんま強くなれ。そうすりゃ俺達は、安心してあんたについて行ける」

カデンツァ４
〜青の軌跡〈番外編〉〜

久《く》能《のう》千《ち》明《あき》

ILLUSTRATION
沖《おき》麻《ま》実《み》也《や》

カデンツァ4 ～青の軌跡〈番外編〉～

1　エンプティーボックス《空っぽの箱》

来訪を告げるチャイムに、ドアが音もなく開いた。

開襟シャツにジャケットを羽織った長身の男が、満面の笑みを浮かべて出迎える。

「カイ！」

「また来てしまいました」

大使館の職員を従えたカイが艶《あで》やかに微笑《ほほえ》み返した。

「お忙しいのにどうしたんです？　まさか、僕に会いに来てくださったんですか？」

「その通りです、と申し上げたいところですが、残念ながら公務です」

悪戯《いたずら》っぽく笑う相手に万華鏡《カレイドスコープアイ》の瞳を煌《きら》めかせて肩を竦《すく》める。

「地球からおいでの皆様へ、ご挨拶かたがたパーティーのご招待に」

「なるほど」

男が頷《うなず》く。

昨日、地球から視察団が月へ到着していた。

大使館はそんな重要人物の使い勝手のいいホテルとしての機能も持っており、月の全面協力のもと、広い敷地に豪華な宿泊施設を備えている。

表向きは月で進んでいる新しいドーム建設の視察だが、本音は月でしか味わえない特別な娯楽の数々を楽しみに来た気楽な物見遊山だ。地球から様々な大義名分を掲《かか》げたお偉方がやって来るのはいつものことだ。

優秀な外交官であり、抜け目のない商売人でもあったアドミラル・ドレイクは、蜜の匂いに誘われてやってくる客人達を歓迎し、有効に活用する方法を編み出していた。

まず、『お金を使いたくてやってくるんだから、存分《ぞんぶん》に使わせてさしあげましょう』をモットーに多種多様な娯楽施設を造り、団体行動に向かない月人《ルナン》を上手におだてて緩やかな組織を作った。そして彼ら好みの施設を安価で提供し、そこを好きに使って月を訪れる人間と遊ぶように仕向けた。

つまり、政府直轄のレクリエーション施設だ。

楽しむこと、遊ぶことが大好きな月人《ルナン》は、施設を誰が運営しているかなど気にしない。嬉々《きき》としてそれらに手を加え、進化させて、月を巨大な大人の娯楽施設に仕立て上げた。

高級指向の人間には洗練された娯楽施設を、下世話な興味に胸を躍らせている人間にはほんの少しのスリルとそれ以上の興奮を。

彼らを待ち受ける月人《ルナン》は、自分達も楽しみながらありとあらゆる『娯楽』を腕によりをかけて提供した。

その結果、月は外貨を、訪問者は極上の楽しみを得た。アドミラル・ドレイクは政府指導のもと、双方が満足するシステムを、積極的に、効率良く作り上げたのだ。

需要と供給のバランスが見事に一致して、派手に金をばらまく特権階級は上得意となった。

ゆえに、月は彼らを丁重に出迎える。

昨日到着した視察団などは絶好のカモだ。

「しかし、招待状を持ってくるだけなら他の人間に任せることも出来たでしょう？　それをわざわざあなたが持参したということは――」

公務と聞いて僅かに笑顔を陰らせた男が、思わせ振りに眉を上げる。

「ええ。実にあなたが心配で」

返事を促すように語尾のぼかされた言葉に形の良い唇をほんのりと綻ばせ、カイがするりと男に近づいた。細い指を上げ、アームホルダーで固定された腕にそっと触れる。

「まだ怪我《けが》は治っていません。大使館のほうも充分気をつけてくださるでしょうが、色々とご不便だと思いまして……」

優しく囁《ささや》きながら背後に控えた職員にちらりと視線を流し、添えた指をホルダーの中にそっと滑らせた。

「――特に、シャワーなどは…………」

思わせ振りに低められた声に、興味津々で二人の会話に耳を澄ませていた職員がごくりと唾を飲み込んだ。

「ふふ……」

忍び笑いを洩らした男が、固定されていない手でカイの肩に腕を回した。抱き寄せる力に逆らわず、カイが猫のしなやかさで擦り寄った。

「では、手伝ってもらいましょうか。色々と――」

カイの耳元に囁いた男が顔を上げ、まだいたのかという顔で大使館職員を見た。

「あ……っ、で、では！　副参事官、ご用がありましたらお呼びください！」

魅入られたように二人のやりとりを見つめていた職員が声を裏返らせた。それでもまだカイから視線を離すことが出来ずに、名残惜しげに後ずさる。

「カイ様、お帰りの際は声をおかけください」

「はい。よろしくお願いします」

包帯の覗く胸に頬をつけたまま、カイが職員を流し見た。

「あの……っ！」

あからさまに邪魔者扱いされてもその場を動けず、何か言いかけた職員の前で、しゅっと軽い音を立ててドアが閉まった。

「――――っ……」

鼻先で閉じられたドアを見つめて、廊下に置き去りにされた職員が大きく息を吐き出す。

カイの姿が消え、カレイドスコープアイの呪縛からようやく解き放たれて、強張っていた身体《からだ》から力を抜いた。

「月人《ルナン》、か……」

まったく、ぞっとするくらい魅力的だな。

羨望と畏《おそ》れの入り混じった視線で閉じたドアを一瞥《いちべつ》すると、職員は歩きだした。早速職場に戻って、興味津々で彼が戻るのを待っている同僚達に今の話を聞かせなければ。

強い酒に酔ったような頭を軽く振り、まだ半分夢の中にいる気分で、大使館職員はふらふらと廊下を戻り始めた。


「行ったぞ」

モニターで職員が遠ざかるのを見ていた三四郎《さんしろう》が、カイを抱き寄せていた腕を離した。

「これでいいんだよな。俺、台詞を間違えなかっただろ？」

長い犬歯を見せてにっと笑う。

上手に芸をした犬がご褒美《ほうび》を待つような視線を向けられても、カイはぼんやりと足元を見つめて動かない。

「カイ？　おい、カイ！」

「――っ」

強い口調で呼びかけられ、はっと顔を上げたカイが、覗き込む三四郎に微《かす》かに笑い返した。

「……ああ、上出来だった」

「なにボケてんだ？　しっかりしてくれよ！」

反応の鈍いカイを、三四郎が呆《あき》れたように見る。

「――すまない。少し考え事をしていた」

答えが返ったことで満足したのだろう。三四郎は既にカイを見ていない。

邪魔なアームホルダーを首から抜き、サポーターごと包帯を引き抜いてジャケットと一緒にソファに放り投げる。自由になった手をうんと伸ばし、その手を後ろに回して背中に留めていた髪を引っぱり出して頭を掻《か》き毟《むし》った。

「まったく！　気取った話し方もシャツに突っ込んだ髪も痒《かゆ》いったらないぜ！」

ぶつぶつ文句を言いながら気の済むまで頭を掻き、ついでに胸の包帯と口の周りをがりがりと引っ掻いて、大きなため息を一つ。

「はあ、やっと落ち着いた」

豪華なソファセットの一つにどすんと腰をおろして脚を組む。ポケットから取り出した革紐《かわひも》で髪を結びながら、上目遣いにカイを見た。

カイは先程から一歩も動いていない。靴先に視線を落とし、息さえひそめてじっと佇《たたず》んでいる。

「なんだよ、緊張してんのか？」

「……っ、当たり前だろう」

呼びかけられて、ふっと身体の力を抜いたカイが三四郎に向き直った。

「作戦決行の日だ。緊張しない訳がない」

話しながらバイザーをかけ、ようやく三四郎と視線を合わせた。

作戦決行。

今日は凱《がい》とカイが考えた計画の第一段階を実行に移す日だった。

そのために、彼らは半月前から準備を始めていた。

まずは凱が――彼を装った三四郎が――大使館にある自室に戻った。対外的な説明は、自分の狙撃事件の捜査情報を得ることと休暇中にたまった報告書の整理で、本当の目的は彼（三四郎）が大使館に居ることを職員が疑問を持たないように仕向けることだ。

そしてそれは、恋人である近衛《このえ》副参事官を訪問するという名目で、カイが大使館に足繁く通う理由にもなる。カイは三日にあげずに大使館を訪問し、二人で部屋に閉じこもって職員達に華やかなゴシップを提供していた。

来るたびに好奇と羨望、そして微かに畏れのこもった視線を向けはするものの、彼らは頻繁《ひんぱん》に大使館を訪れるカイに慣れ始めた。

準備は整った。ここから計画の第一段階が始まる。

「力を抜けよ、動きだすまで二時間以上あるんだぜ」

脚を投げ出した三四郎が、硬い横顔に話しかけた。

「判っている」

自分の靴先に頷《うなず》いて、カイは備え付けてあるコンピュータの前に腰を下ろした。

大使館の居住スペースに用意された副参事官用の私室はそれなりに豪華なしつらえだ。応接室、書斎、ベッドルームに加え、シャワー室と簡単なバーカウンターまで備えられている。

怪我をする以前から凱は月の公邸に住んでいるようなものだったが、ここで仕事をすることもあったし、持ち出しを禁止されているデータや個人の書類もこちらで処理していた。

凱は用事があるときだけここに出勤してきており、この部屋で眠ることは殆《ほとん》どなかったが、それでも彼の私物はこちらにもある。三四郎に背を向け、凱好みのアンティークがきちんと並べられた机に座ると、カイは軽快にキーを叩《たた》き出した。

作っておいた報告書を送りながら昨日までに受け取った書類に目を通し、意見を書き加えて返送する。同時に地球の広報官を呼び出して狙撃事件の進捗状況の報告を受ける。

どんなに姿形《すがたかたち》が似ていても、書類仕事だけは絶対に無理な三四郎に代わって、カイは凱の仕事をこなしているのだ。

ここにもメリットが幾つかある。地球の公的な機関と連絡を取るには大使館のコンピュータを使わなければならないし、送受信の記録は大使館のメインコンピュータにも残る。

凱がたしかに仕事をしていると見せかけることが出来、同時に彼がこの時間に間違いなくコンピュータに向かっていたというアリバイを残すことも出来るのだ。

そのため、あらかじめ凱とよく話し合って相手のパーソナルな情報を聞き込み、さり気なく相手の近況を尋ねたり――例えば『そういえば、狙っていた彼女とはその後どうなりましたか？』『お子さんが大学に入学なさったそうですね、おめでとうございます』『僕は当分こちらから動けそうもないけれど、今度帰ったらまたあの店で呑もう』など――、文章のあちこちに彼特有の言い回しや表現方法をちりばめてもいる。

行きつけの店や、内輪のジョークを知っている相手を人は頭から信じ込む。今のところ、この絡繰《からく》りに気付いた人間はいなかった。

そして何よりの強みは――、

「完成だ。頼む」

画面を見つめたまま呟くと、身軽に立ち上がり、足音をたてずに近づいた三四郎が、コンピュータの脇の小さなパッドに人差し指を押しつけた。

軽やかな電子音がして、画面に承認の文字が浮かび上がる。

サイン代わりの生体認証。ＤＮＡは神の記号だ。これを疑う人間はいない。

彼らは二人一組で凱を演じている。仕事をカイが、サインを三四郎がすることで、近衛副参事官を作り出していた。

「捜査は進んでんのか？」

カイの手元に視線を流した三四郎が、ひょいと身を屈《かが》めて画面を覗き込んだ。

「――――っ」

耳に息がかかり、キーの上に置いた手に長い髪がさらりと落ちてきて、カイがくっと息を詰めた。

「これ、捜査資料だろ？　容疑者のところが空欄のままだぜ」

身体を強張らせたカイに構わず、身を乗り出した三四郎が画面を指差す。

「連邦の役人が狙撃されるってのは大事件だろ？　なのに、まだ犯人の目星もついてないのか」

「……顔を見れば悪態をついていても、やはりドクターが心配か？」

覆い被さるように顔を突きだした三四郎に、画面を見つめたままのカイが唇を微かに吊り上げた。

「ちっげーよ！」

とんでもないと顔を顰《しか》めて、三四郎が身体を起こす。

「犯人が諦めてないとしたら、次に狙われるのは俺なんだぜ!?　巻き添えをくうのはごめんだってコトだよ!!」

「ふふ……、それもそうだな」

小さく頷いたカイが、キーを叩いてこれまでに届いた捜査資料を呼び出した。

「おまえの言う通り、捜査は進んでいない。警察はきちんと捜査しているが、犯人に繋がる証拠が殆どないんだ。関連を探して警察が資料を要求しても、意図的に曖昧にされたものしか提出されていない。どうやら上のほうで情報が止められているようだ」

「上ってドコの上だよ」

「軍、外務省、もしくは情報機関。いずれにせよ、誰かがこの件について深く追及されたくないようだな」

「それって今やってることに関係あるのか？」

「少なくとも、私とドクターはそう考えている」

「けっ！　話がデカ過ぎてついていけねえや！」

鼻を鳴らして、三四郎がぶらぶらとソファに戻った。彼の気配を全身で追い、ソファが軋《きし》むのを確認して、カイは詰めていた息を吐き出した。キーを叩いて、次の資料を呼びだす。

仕事を再開したカイの背後で、三四郎がドライバーを手にテーブルに屈み込んだ。

ガラス張りのローテーブルの上には小さな部品が散らばっている。昼寝に飽きた三四郎が、凱のアンティーク時計を分解しているのだ。

傭兵《ようへい》とはいえ、三四郎の本職は技術者《エンジニア》だ。戦うこと全般に天性の才能を有しているが、エンジニアとしての腕も優秀だ。その技能は今回の計画にも発揮されている。

とはいえ、貴重なアナログ時計を暇つぶしにいじられるのはアンティークをこよなく愛する凱には不本意だろうし、妙な仕掛けを仕込まれるのはもっとまずい。

鼻歌混じりに手を動かす三四郎に、カイが眉を寄せた。

「い――」

「あんまり身構えねえでくれねえか」

いい加減にしておけと言おうとした瞬間、三四郎がぽつりと呟いた。

「……」

振り向いたカイが、丸まった背中を見つめる。

「あんた、――どういうことだ……？」

「俺が近づくたびに身体を硬くするだろ？ それ、スゴく嫌なんだ」

三四郎が手を止めずに返した。

気がついていたのか。カイが目を見張る。態度が変わらないから知られていないと思っていた。

そしてこうも考える。何故知られていないと思った？ 腹が立つくらい人の気持ちに疎《うと》いくせに、私が隠したいことだけは敏感に察してしまうのが三四郎なのに。

「……すまない。身体が勝手に反応するんだ」

三四郎に嘘《うそ》をついても無駄だ。そんなことはないと言うのを止《や》めて、カイは苦《にが》い笑みに唇を引き攣《つ》らせた。そして振り向かない背中に呟く。

「意識してやっている訳ではない。だが、たしかに感じのいいものではないな。すまなかった」

「謝ってほしいワケじゃねえんだけどさ……」

ため息をついて、三四郎が髪をかき上げた。長い指が荒っぽく髪を梳《す》くと、くせのない髪が肩から滑り落ちた。

「なあ、俺達仲間だろ？」

背中越しの低い声。

「俺は言われた仕事はちゃんとやる。あんたのことも守るし凱のふりだってする」

とはいえ凱の真似はやっぱりヤだし、いつバケの皮が剝《は》がれるかと思うと冷や汗もんだがな。

肩を竦め、三四郎が苦笑に喉を震わせる。

「でも、あんた達が必死なのは判ってるから、計画は絶対成功させるつもりだぜ」

話しながらも三四郎の手は止まらない。何をしているのか、小さな部品に屈み込んで作業を続けている。

「あんたのことは信頼してる。凱だって頼りにしてる。サンドラやロード、それからあのチビのことだって、俺はちゃんと仲間だと思ってるんだぜ」

感情の読めない声で呟いて、三四郎がドライバーを置いた。

「俺、前に言ったよな。絶対に裏切らない、途中で投げ出したりしないって――」

話しながら腰を浮かせ、テーブルの端に転がっていたニッパーに手を伸ばす。

「それだけじゃダメか？」

パチンという軽い音。何かを切り取った三四郎が、またドライバーを手に取った。

広い背中。静かな声。三四郎の顔は見えない。

「あんたは仲間で同僚だ。それじゃ足りないか？」

読もうと思わなくても、三四郎の感情が流れこんでくる。彼が感じているのは居心地の悪さだけ。三四郎は戸惑っている。自分の言葉にカイが示した過敏な反応に驚いている。視線を合わせようとしない私に。近づくたびに身を強張らせる私に。

言え。カイは自分に命令する。

それで充分だと言って、微笑んで仕事に戻れ。

こちらを見ていなくても、私が笑えば三四郎は感じ取る。身体から力を抜き、画面に向き直って仕事を再開すれば、それでこの話は終わりになる。

この息苦しさから解放される。楽になれる。ここしばらく続いている、ぎこちないが平穏な日常が戻ってきて、今日の作戦行動に没頭できる。

そう思うのに、カイは動けない。身体を硬くして振り向かない背中を見つめ続ける。

こんなことが以前にもあった。カイは思い出す。

三四郎に疎まれ、自分を拒む背中を息を殺して見つめていたことがある。

あの時、三四郎は言った。『あんたが少し怖い』。何故カイを拒んだのか、三四郎は最後まで説明しなかったから、いまだに彼の本当の気持ちは判らない。

だが、私の強烈な自己憎悪に引きずられそうになった三四郎が、それを恐れて遠ざかろうとしたのはぼんやりと判る。消えてなくなりたい。このまま引き裂いてほしい。強烈なセックスで身体を繋ぎ、感情を解放させた無防備な状態で、思わず零《こぼ》した望みを三四郎は拒絶したのだ。

しかし、あの頃と今は違う。

今回のそれは、状況は似ているが全く別物だ。

私は以前ほど自分を憎んでいないし、消えてなくなりたいという気持ちは現実の死を間近に見て恐《おそ》れに変わった。石に齧りついても成し遂げると決めた大きな目標もある。

三四郎も、あの出来事で免疫が出来た、二度と私の負の感情に引きずられないと言っていた。

だから今、私と三四郎を隔てているのは私の体内にある『負の感情』ではない。

それでも、彼は自分と私の間に明確な線を引いた。

仲間だ。しかしバディではない。

目標達成に向けて共に戦い、私のために危険に身を曝《さら》すことはしても、抱き合う相手ではないと決めた。バディとしての私に失望したんだ。

三四郎が私に失望している。言葉にしてみて、身体のどこか奥のほうに痛みを感じた。

その痛みは胸に湧き上がるものではなく、背筋を駆け抜けていくものでもない。冷たく硬いしこりとなって身の内深く沈み込み、氷のような手で心臓を鷲掴《わしづか》みにして魂を凍らせるものだと知った。

バディと仲間。その違いはなんだ？

広い背中を見つめて、何度目かの問いを繰り返す。

バディでなくても、事にあたる際の三四郎の反応は変わらないだろう。命懸けで私と、私の計画を守ってくれる。そのことを疑ったりしない。

なにより、今の三四郎は私を怖れてなどいない。私を傷つけるつもりも侮辱するつもりもない。拒んですらいない。

以前のように、私の全てから逃げ出そうとしている訳ではない。ただ、彼のベッドから私を締め出しただけだ。

だとしたら、拒絶の弾丸としてはサイズが小さくないか？

バディとはいったい何だろう……？

カイはしんと冷えた頭で考える。仲間であって抱き合う相手？　違いはセックスしかないのか？

汗にまみれて互いを貪り、心と身体を繋げて同じ高みを目指す。それは強烈であっても日常の一部だ。仕事や戦いとは無縁の時間だ。なのに、それだけがバディと仲間を分けるのか？

そしてそれは、そんなに重要なことか？

「ふ……」

唇を歪《ゆが》め、カイは息だけで笑った。

私はまた、言葉に囚《とら》われている。言葉は器《うつわ》だ。そこに自分の気持ちが入っていなければ、空っぽの箱にすぎない。

これは陰気な言葉遊びだ。箱の形に捉《とら》われて、中身のことを考えることから逃げている。

息を詰めて、カイは自分の内側に目を凝《こ》らした。

箱から取り出されたのは抱き合うことだけだ。ならば、それが何か他のことであっても、私は同じような喪失感を味わったのか？

多分そうだろう。――いや、違う。

カイの唇が引き攣れる。

セックスは、ある意味私という人間の存在意義だ。肉体の接触を拒んでいたときでさえ、自分がセックスのスペシャリストだということを忘れはしなかった。

だからこそ自分を拒んだのだし、忌み嫌ったのだ。月人《ルナン》を表現するモノとしてついて回るセックスと自分を切り離したいと強烈に願ったのだ。

嫌悪して拒絶しても、享受して楽しんでも、肉体の接触は常に頭にあった。それは即ち、自分がセックスを片時も忘れなかったことに他ならない。

身体の繋がりを拒まれたことで、箱が空っぽになってしまったように感じるのは、私の中でセックスの占めるウエイトがそれだけ大きいということだ。

ならば、三四郎との関係で抱き合うことはそんなにも大事なことか？

カイは機械の故障箇所を探すように自分の内側を点検する。

それも違う。セックスは三四郎の一部だ。だから欲しい。

心と身体、三四郎という男を形づくっているモノで、自分の手に届くもの全てが欲しい。

手の届くものだけでいいのか？　その自問は、カイの唇を歪ませた。

自分に嘘をついてどうする。言葉を飾るな。正直に言うんだ。

カイは身を乗り出すようにして、さらに深く内側を覗き込む。

この感情は、愛や恋といった甘やかなものとは少し違う。もっと強烈で獰猛な欲求だ。

私は欲が深い。彼が差しだそうとしないものでも、爪先立ち、精一杯手を伸ばして、根こそぎ奪い取りたいんだ。

それが私にとってのバディだ。中身の詰まった箱だ。何が欠けても完全ではない。

三四郎のような男の全てを手に入れることなど出来ないのは判っている。もともと彼を手に入れたと思ったことはない。だが、一度はこの手に摑《つか》んだものを手放すのは耐えられない。

拒むなら全部、受け止めるなら全部。

良いところだけを認めて、悪いところには目をつぶる。そんな中途半端な付き合いなど欲しくない。

セックスを欲しがっているのではなく、三四郎の一部を失うことを怖れている。そういうことだ。

バディ。空っぽの箱。

そこに中身を詰め込んで、しっかりと抱き締めたいんだ。

ここでカイの思考は躓《つまず》く。急速に勢いを失って、ぎこちなく立ち止まる。

――どうすればいい？

三四郎は私の全てを拒んだわけではない。だが、私にとっては息さえ出来なくなるほど手厳しい拒絶だ。三四郎が困ったように笑いながら差し伸べる手は、泣いている子供を取り敢えず黙らせるために頭を撫でるのと変わらない。

そんなモノは欲しくない。大丈夫だと微笑んで、優しく慰められたいわけではないのだ。奪って、奪われて、飢えた肉食獣が相手の身体から肉を嚙《か》み千切ろうと血みどろで牙を立てるようにもつれ合いたい。

レースを施《ほどこ》した優しさなどいらない。いきり立って怒鳴りつけてほしい。むき出しの憎悪も欲しい。三四郎の叩きつけるような激しい喜怒哀楽全てをこの身に浴びたいのに、彼は自分の引いた線の向こう側に立ってこちらを見ているだけだ。

どうすれば…………、

「おい」

「──っ!?」

突然呼びかけられて、カイはひくんと肩を跳ねさせた。

自分の内側に向いていた視線を三四郎に向ける。彼は顔を上げ、ドア脇に備え付けられた小さなモニターを見ていた。

「誰か来るぞ」

「え……？」

「真っすぐこの部屋に向かってる。副大使だ」

副大使。カイの当面の獲物。

「あんたが目当てだろ。会うか？」

「会わない！」

今回の出来事の発端であり、所有欲をむき出しにする相手への嫌悪もあって、カイの口調は思ったよりきつくなった。その声の強さに、三四郎が軽く目を見張る。

「……っ、今日は彼の機嫌を取っている時間はない。ロックはしてある。応《こた》えなければ諦めるだろう」

気を取り直し、カイは口調をやわらげた。

「あ、そ」

ならいいと頷いて、三四郎が肩を竦める。

「騒ぎを起こすとまずいから我慢してるけど、あいつ、俺を目の敵にしてねちっこく絡んでくるんだぜ。陰険だししつこいしでいい加減うんざりしてる。言っちゃナンだか、サイテーな野郎だな」

「その通りだ」

応えるカイの声にチャイムが重なった。矢継ぎ早に二度、三度。拳でドアを叩く鈍い音もする。

「うるせーなぁ、留守だって言ってんだろ」

チャイムの連打に面倒臭そうに返し、作業に戻ろうとした三四郎が不意に動きを止めた。

「あ、ヤバい」

「どうした？」

「あいつ、マスターキーを持ってやがる！」

大使館の私室は全てオートロックだ。開けるには暗証番号を押すか、内側から開けてもらうしかない。だが、設備管理室には全ての部屋に対応するマスターキーがある。

保安員をどう言い包《くる》めたのか、副大使はそれを手に入れたらしい。

どうする？　目で問う三四郎の視線に、カイの中で何かが弾けた。

「シャツを脱いでベッドに入れ！」

圧《お》し殺した声で告げると、素早く靴を脱ぎ捨ててジャケットに手をかける。

「少し揉めるかもしれないが、適当に話を合わせてくれ」

言いながらバイザーを取り、立ち上がってアンダーシャツとパンツを脱ぎ捨てた。

こういう時の三四郎の行動は早い。むしり取るようにシャツを脱ぎ捨て、放り投げてあったアームホルダーとサポーターを掬い上げてベッドルームに消えた。

入れ違いに居間に戻ったカイが三四郎のシャツを拾い上げ、髪を乱暴にかき上げる。

一回り大きなシャツを肩に羽織り、わざと髪を乱して顔を上げた途端にドアが開き、副大使が足音も荒く部屋に入ってきた。

「――――っ!?」

目の前のカイのほっそりした姿を見つめて目を見張る。

素肌にシャツだけを羽織り、乱れた青灰色の髪をかき上げる物憂い仕草。

「…………っ」

ぽかんと開いた副大使の口から息だけが漏れる。あまりに感情が激しすぎて、まともに喋《しゃべ》ることも

出来ないらしい。

「すみません、スティーブン」

今にも殴りかかりそうな勢いで詰め寄る相手を見上げて、カイがふんわりと微笑んだ。

「ど……っ！　どうしてすぐに出なかったんです……っ!?」

「つい眠ってしまって、チャイムの音に気づきませんでした」

カイは相手の荒っぽい乱入を咎《とが》めない代わりに、自分のあられもない姿の弁解もしない。

「あなただと判っていたら、すぐにお出迎えしましたのに」

羽織っただけのシャツを掻き合わせ、長い睫毛《まつげ》を伏せて答える。口元には相変わらず淡い笑み。

「そ……っ、その格好は……っ！」

目を血走らせて指を突きつける副大使を見上げ、カイが面白そうに小首を傾《かし》げた。

「おや、説明が必要ですか」

たった今ベッドから抜け出てきたばかりという風情、満足しきった猫が喉を鳴らすような、気怠《けだる》く擦《かす》れるハスキーヴォイス。

「そ――――っ！」

副大使の顔に朱が散って、わなわなと唇が震えだす。

「大丈夫ですか？　スティーブン。水を差し上げましょうか？」

肩で息をし、酸素不足の金魚のようにぱくぱくと口を開け閉めする副大使を気遣うように眉を寄せて、カイが突然の闖入者《ちんにゅうしゃ》を見上げた。

「――――っ!!」

濡《ぬ》れたように光るカレイドスコープアイを、血走った目が睨みつける。気遣いを滲《にじ》ませ、心配そうに近寄ってきたカイを乱暴に押し退《の》け、副大使がずかずかと部屋の奥へと押し入った。

「スティーブン?」

呼びかける声を無視して応接室を通り過ぎ、書斎を抜けてベッドルームへ突進する。足音も荒く奥へと進み、引き千切らんばかりの勢いでドアを開けて、怒りに青褪《あおざ》めた顔でベッドの主を見た。

「やあ、スティーブン」

立てた腕で頭を支え、長い髪を枕の下に隠してベッドに横たわった凱――三四郎――が、アームホルダーに包まれた手を上げた。

「いらっしゃい」

仁王立ちで拳を震わせる副大使に、のんびりと笑いかける。

「わざわざ来てくれたのに、出迎えもしなくてすみませんね。こんな格好じゃあ、かえって失礼かと思ったもので」

悪戯っぽく笑って、ブランケットを胸まで下ろす。裸の上半身が表れ、その下には寝乱れてくしゃくしゃのシーツ。

三四郎は、カイの企みを正確に理解していた。そしてそこに、彼なりの演出を加えて副大使を迎えたのだ。

「近衛、凱────っ!!」

普段はそこそこ整った顔を歪ませ、副大使が憎悪にぎらつく目で三四郎を睨んだ。

「はい?」

「き……っ、きみは何をしている!?」

「何をしていると言われても……」

くっきりと濃い眉を寄せて、三四郎が困ったように包帯の巻かれた上半身を見おろす。

「ご覧の通り、ベッドに寝てますが」

「だから────っ!」

「ああ、勤務時間だって言うんですか? ちゃんと仕事もしてますよ。もっとも俺────、僕はまだ休暇中ですけどね」

肩を竦め、だいぶ慣れた敬語を使って朗《ほが》らかに笑いかける。

「この……っ」

三四郎に摑みかかろうとした副大使が、ベッドの寸前で立ち止まった。

頭が沸騰していても、少しは理性が残っているらしい。包帯を巻き、ベッドに横たわっていても、筋肉に覆われた長身が見て取れる相手と腹のダブついた自分では、力で勝負にならないのは感じているようだ。

「スティーブン」

怒りで口も聞けなくなっている副大使の傍《そば》に、カイが猫のように擦り寄った。濡れたように光るカレイドスコープアイで甘く見上げ、震える腕をそっと押さえる。

「不粋《ぶすい》な真似はやめてください。あなたのお名前に傷がつきます」

「うるさい！」

「どうしたんです？　こんなのただの遊びじゃないですか」

不思議そうな、そして微かに面白がっているような声。

「カイに手を出すな!!」

捕まれた腕を振り払った副大使が、唾を飛ばして叫んだ。

「きみがカイと付き合っていたことは知っている！　だが、もうカイは僕のものだ！　二度と近寄るんじゃない!!」

「たしかに、カイは俺のモノじゃない」

肩を怒らせ、大声で言い放った副大使を見上げて、三四郎がにこやかに頷く。

「……っ、判っているなら――」

「でも、あんたのモノでもない」

怒りに震える副大使の声を遮って、三四郎がゆっくりと半身を起こした。

ブランケットが滑り落ち、逞《たくま》しい上半身が露《あらわ》になる。胸に巻かれた包帯は、三四郎を弱々しい怪我人には見せず、むしろ彼の筋肉質の身体を強調する役割をしていた。

相変わらず微笑みながら、三四郎が僅かに顎を引いた。

「カイは誰のモノでもない。カイはカイ自身のものだ」

彫りが深く、荒っぽい男顔の三四郎は、元々きつい顔立ちをしている。光の強い切れ長の目は、その気がなくとも相手を威圧する。

その三四郎が、うっすらと笑みを浮かべて副大使を見た。

「何をするか、誰に会うかはカイが決める。そうじゃないか？」

「―――っ」

漆黒のアーモンドアイにまともに見つめられて、副大使が気圧《けお》されたように後ずさる。

怒りで武装し、どす黒い嫉妬の炎を全身から放射していても、三四郎と副大使では身に纏《まと》った迫力が違いすぎた。

「ふん！　おまえごときが何を偉そうに……っ！」

「スティーブン」

負けを認めることが出来ず、尚も言い募ろうとした副大使の前に、カイがふわりと回り込んだ。

「どうやらあなたは、思い違いをなさっているようですね」

赤黒く染まった顔を覗き込み、ハスキーヴォイスで甘く囁く。

「思い違い……？」

婉然《えんぜん》と微笑む妖艶な美貌としなやかな身体。副大使の意識がベッドの男から逸《そ》れ、カイのしどけない姿に注がれる。

腕を伸ばし、肩を抱こうとした手からするりと身を躱《かわ》し、猫の優雅さでベッドまでの短い距離を進むと、カイはほっそりとした指で三四郎の寝乱れた髪をかき上げた。

「彼が私に近づいたのではなく、私が彼を訪ねたんです」

歌うように囁きながら細い指で艶のある黒髪を撫で上げ、耳朶《じだ》に軽く触れて、削ぎ落としたような顎のラインをゆっくりとたどる。

「……っ」

見せつけるような動きに、副大使が奥歯を噛み締めた。

「きっ、きみはどっちを取るんだ!?　副大使と副参事官のどちらに価値があると思っている!?」

「もちろん、副大使ですよ」

太く長い鎖骨のラインをなぞりながら、カイが笑みを含んだ声で答える。

「副大使のほうが地位が高い。俸給は高額だし、家柄だって段違いですから」

「だったら……っ」

「でもねえ、スティーブン」

ぱっと破顔し、にたにたと笑いながら近寄ろうとした副大使に艶《なま》かしい一瞥を投げ、カイがほっとため息をつく。

「残念ながら家柄も肩書きも、ベッドには持ち込めないんです」

微かにスプリングを軋ませて三四郎の隣に腰をおろすと、副大使を見つめながら逞しい身体にしなりと擦り寄った。

「私を抱くのは、肩書きではなく、生身の体でしょう……？」

ふふ……。喉を震わせてやわらかく笑うと、カイは裸の肩にそっとくちづけた。

「――――っ!!」

茫然《ぼうぜん》と見つめる副大使の前で、三四郎の長い腕がカイの華奢《きゃしゃ》な腰を抱く。身体を預けたカイをブランケットに包み込み、そのままベッドに押し倒した。

ふわりと二人の身体を覆ったブランケットの下で、カイが膝を開いてのしかかる男の身体をやわらかく締めつけるのが判った。

「またですか？　怪我が悪化しますよ……」

言葉とは裏腹に、カイの腕が覆い被さってきた男の首に回される。

「傷が開くかどうか、試してみましょう」

「ふふ……、いけない人だ――……」

張り裂けんばかりに目を見開き、副大使がその場に凍りついた。その彼に見せつけるように、ベッドの二人が甘い睦言《むつごと》を交わしながら互いの身体をまさぐる。

「あ……っ」

唇が白い首筋に触れ、湿った水音を響かせた。

「――――っ」

その声に誘われたように牙状の犬歯がなめらかな肌に立てられると、カイの眉が苦しげに寄せられ、ほっそりした身体がくん、と反り返った。

「こ……っ!!」

わなわなと身体を震わせて、副大使が喉に絡んだ声を無理矢理押し出す。

「こんな侮辱、生まれて初めてだ……っ！」

拳を握り締め、裏返った声で叫ぶが、彼の精一杯の威嚇など空気のように無視して、二人は身体を絡ませ合う。

「近衛凱！　僕はきみを許さない！　あなたもだ、カイ！　こんな仕打ちは我慢できない!!」

大声で怒鳴っても、二人は顔すら上げない。

「ぼ……っ、僕を怒らせて、た、ただで済むと思うなよ――――っ！」

どんなに喚《わめ》いても注意を自分に向けさせることが出来ないことに苛立《いらだ》ち、ぜいぜいと喉を鳴らしてそれだけ叫ぶと、副大使はベッドルームを飛び出した。

足音が遠ざかり、代わりに何かが砕ける音。

腹立ち紛《まぎ》れに凱のアンティークを壊したのだろう。続け様に二度、三度。

おそらくドアも叩きつけるよう締めたかったのだろうが、自動ドアが人を感知して開く軽い音がして、それきり何も聞こえなくなった。

隣室の気配に耳を澄ませていた三四郎が動きを止めた。

「――行ったか？」

「ああ」

三四郎の髪に絡ませていた指を解いてカイが頷く。

「ふう！」

大きく息を吐き出して、三四郎が身軽く跳ね起きた。

「ヤだねえ！　男の嫉妬ってヤツは!!」

ボヤキながら部屋を出ていく。

「あのヤサ男、喚いたり怒鳴ったりすれば、どうにかなるとでも思ってんのかね。まったく、見苦しいったらないぜ」

遠ざかる声を聞きながら、カイは一瞬の迷いもなくベッドを出ていった男の体温の残ったシーツにそっと触れ、自分の仕草に腹を立てたようにその手を握り込んで起き上がった。

「俺を間男呼ばわりしたくせに、殴りかかる度胸もないなんて、情けなくて笑っちま――あーあ」

ベッドルームを抜けて三四郎を追うと、彼は腰に手を当てて応接室の入口に立っていた。

「何を壊した？」

歩み寄ったカイが三四郎の隣に並ぶ。

応接室は惨状を呈していた。怒りにまかせて薙《な》ぎ払ったのだろう。バーカウンターに並んでいたクリスタルグラス、テーブルの上のガラスのオブジェ、ドアの脇に置かれていた大きな陶器の花瓶が、粉々に砕けて床に散らばっていた。

「派手にやらかしてくれたなあ」

三四郎はのんびりと呟く。どんなに高価な珍品も所詮《しょせん》は凱の物だし、破片が飛び散る部屋の主《ぬし》も凱だ。嘆き悲しむ凱を想像しても、三四郎の心は微塵《みじん》も痛まない。

ついでに言えば、副大使の怒りの矛先もきっちり凱に向けられている。

「ドクターには気の毒なことをした。事情を話して謝罪しなければ」

カーペットに入り込んできらきらと輝いている淡い色ガラスを見つめてカイが眉を寄せた。

「彼の持ち物は、どれも貴重な品ばかりだ。弁償できるかどうか……」

ため息をついて、カイは足元に転がるグラスの破片に屈み込む。

「なあ、こんなことやらかして、大丈夫なのか？」

「何が？」

三四郎が何を言いたいのかよく判っていたが、それに答える気分ではない。カイは顔も上げずに問い返す。

「あんたのビッチぶりがあんまりカッコ良くて、俺もついノっちまったけど、あいつ、ムチャクチャ怒ってたぜ。大事な情報源をあんだけおちょくって、ヤバくないか？」

「彼なら大丈夫だ」

「どうするつもりだよ」

「次に会ったとき、少し刺激が欲しくて意地悪をしてしまいました、やはりあなたが一番ですと耳元で囁いてやればいい」

破片を集めながら、カイが平たい声で答える。

「手酷くはねつけた後でしおらしく擦り寄れば、相手の気持ちは一層高まる。今まで以上に私に執着するはずだ」

「じゃあ、これは一種のプレイってワケか」

「そう思ってもらっていい」

ただの八つ当りだと認めるのが悔しくて、カイは一時の激情にもっともらしい理由をつける。

「はぁー、これがあの有名なツンデレって奴《やつ》か。古典だな」

カイの言葉の裏を読もうともしない三四郎が、感心しきりに首を振る。

「まあ、あいつの間抜けヅラは面白かったし、殴り飛ばすよりよっぽど強烈なしっぺ返しも出来たから、俺的には全然おっけー……あっ！」

呑気《のんき》に呟いていた三四郎が、一言叫んでテーブルに駆け寄った。

「どうした？」

「あの野郎！　部品をバラまいて行きやがった！」

オブジェを壊すついでに机の上に散らばっていた部品も払い落としていったらしい。小さな螺子《ねじ》やゼンマイが、ガラスに混じって毛足の長いカーペットに埋もれていた。

「あんなちっこい部品を全部捜し出せってのか⁉　どーしてくれんだよ！」

破壊された高価なアンティークより、大事な遊び道具を部屋中にばらまかれたほうが、三四郎的にはダメージが大きいようだ。ぎりぎりと奥歯を噛み締めながら拳を握り締める。

「……あの野郎、やっぱり一発ブン殴っときゃよかったぜ……」

「私が探しておく」

屈み込み、爪の先程の小さなゼンマイを慎重に摘み上げながらカイが呟いた。

「え？」

「そろそろ時間だ。用意してくれ」

「――――……」

三四郎の視線が壁のデジタル時計に飛び、すっと背筋が伸ばされた。

玩具《おもちゃ》を取り上げられた駄々っ子の顔から鍛えられた傭兵のそれへ、三四郎の気配が一瞬で変わる。

無言で応接室を後にした三四郎が、着慣れた黒ずくめの服に着替えて戻って来た。手に金属性の箱を持ち、片耳に小さなイヤホンをしている。

「時間は合っているか？」

「確認した」

短く答えてドアの脇に立つ。

三四郎が聞いているのは時を刻《きざ》む時計の音だ。彼のお手製で、幾つかのカウントで振動とベルで合図を送るように作られている。

通信機能はない。セキュリティの整った大使館内で不審な電波が飛べば、すぐに察知されてしまうからだ。

三四郎はこの機械を三つ作った。

「靴を履けよ。怪我するぞ」

意識の殆どをイヤホンから聞こえてくるカウントに向けたまま、三四郎が低く呟いた。

「判っている」

頷きながらも、カイは素足のまま砕かれたガラスを集め続ける。

「ガラスの破片は下手な刃物より切れるぜ。ほっとけよ」

「判っている！」

感情も露な叫び声。自分に向けられた硬い背中をちらりと見て、三四郎はすぐに視線を前方に戻した。

「時間だ」

ドアのほうを向いたまま三四郎が言った。

「行ってくる」

低い呟きを残して、三四郎の姿はドアの向こうへと消えた。


「ふう……」

詰めていた息を吐いて、カイが身体から力を抜いた。

「今のはまずかったな」

低く呟いて苦く笑う。

これから作戦に向かう三四郎の気を散らしてしまったかもしれない。

「――いや、それはない」

自分の言葉を自分で否定して、カイはガラスの破片を集め続ける。

一度動きだした三四郎は、意識の全てを作戦行動に向けている。私の声など雑音と同じだ。三四郎の頭から、私の姿は消えている。

そんな状態の三四郎に、ついでのように優しくされるのはたまらなかった。

「ふふ……」

少しも楽しそうには聞こえない笑いを零して、カイは立ち上がった。

持っていた破片をテーブルの上に置き、足元に転がっていた時計を拾い上げる。繊細な彫刻が施されたアンティークの置時計は、三四郎の手によって中身を全て取り出され、空っぽになっていた。

これでは時計と呼べない。ただの箱だ。

「……っ」

思考が望まない方向へと向かいかけるのを振り払って、カイは置時計をテーブルに置いた。もう一度屈み込み、カーペットの奥で光る部品に手を伸ばす。

「痛《つ》——っ」

鋭く走った痛みに思わず手を引くと、指先に血の粒が盛り上がった。部品だと思ったのは、ガラスの破片だったようだ。

傷口は小さかったが、相当深く刺してしまったらしい。見つめる視線の先で流れ出る血が盛り上がり、指先を伝って中身を抜かれた空っぽの時計に落ちた。

ぽつん。乾いた音をさせて、赤い滴りが空っぽの箱に鮮やかな彩りを添える。

まるで涙のようだと思って、カイは傷ついた指を握り締めた。

胸に引き付けた指が鈍く疼《うず》く。

心臓の鼓動と同じリズムで脈打つ傷をきつく握り、急激に冷えたように感じる室温に素肌をそそけ立たせて、カイは空っぽの箱に落ちた赤い滴を無表情に見つめ続けた。

2　誤《ミスディレクション》導作戦

時間を少し遡る。

場所は大使館正面の閉ざされた正門の前。

澄んだ声が朗らかに言って、門の上部に取り付けられたカメラに向かって手を振った。

「こんにちは！」

――やあ、リリアンちゃん。

すっかり顔見知りになった若い衛兵の３Ｄ映像が浮かび上がり、目に楽しい美少女に笑い返す。

「ちゃんはやめて。私、もう８歳なのよ」

つんと澄ましたおしゃまな少女に、笑いを噛み殺した衛兵が恭《うやうや》しく一礼する。

――それは失礼しました。どうぞお入り下さい、お嬢様。

『リリアンちゃん』よりそっちのほうがもっと嫌なの。そう言いたかったが、ここで時間をくうわけにはいかない。リリアンはロックを解除された門が開ききる前に、隙間からするりと入り込んだ。

「こんにちは、ジャックさん」

長い私道の途中に設けられた詰め所に顔を出して、リリアンが衛兵の実物にもう一度挨拶する。

今日の彼女はタータンチェックの巻きスカートにモスグリーンのベレー帽、白いブラウスとハイソックスという出で立ちで、三つ編みにした長い赤毛をスカートと同じ色合のリボンで結んでいた。

娘とレースをこよなく愛する父親によって、ブラウスの襟元とハイソックスはチュールレースで飾られている。

「いらっしゃい。今日は早いんだね」

笑みを含んだ声で衛兵が言った。彼女はいつもはもう少し遅い時刻――レックス大佐が定例会議を終えて、詰め所に息抜きにくる時間――を見計らってやって来るのだ。

どこがいいのかさっぱり判らないが、その名も高きT・レックスが彼女のお気に入りなのは衛兵の間で知らぬ者のない事実だ。

美女と野獣ならぬ美少女と恐竜の組み合せは、緊張感のない月での任務の格好の噂話《うわさばなし》だ。

大佐もそれを知っている。口では迷惑そうなことを言いながらも、詰め所に顔を出す時間を変えようとしないところを見ると、まんざらでもないのだろう。

じゃれつく子猫をあやすように、厳《いか》つい顔を綻ばせて彼女の他愛無いお喋りに付き合っている。

毎回偶然を装い、さもついでのように顔を出してゆく少女は、T・レックスに向ける好意を誰にも知られていないと思っているらしいが、それをこの可愛《かわい》らしい訪問者に言うほど彼は意地が悪くない。

年の離れた妹を見るような優しい視線を、少女の大きな瞳が見上げた。

「パパに会いに来たの。いるんでしょ?」

「博士はまだ来てないよ」

「え？　――あ、そうだわ。先に大学に寄るって言ってたっけ……」

灰色がかった緑の瞳を瞬《またた》かせてきゅっと眉を寄せる。

「どうする？　お茶でも飲みながらここで待つ？」

「えーっと……、ううん、今日はやめとく」

可愛らしく小首を傾げ、半分頷きかけた少女が首を振った。

「館内で待ってて、パパをおどかすことにするわ」

うふふ。自分の思いつきに目を輝かせて、リリアンが走りだす。

「ジャックさん！　私が来たこと、パパにはナイショにしといてね!!」

私道の途中で振り向き、悪戯っぽく笑うと、お下げを背中で跳ねさせたリリアンの小さな姿は大使館の玄関に消えて行った。


「こんにちは！　アンダーソンさん」

行き交う職員に元気に挨拶をしながら、リリアンは大使館の廊下を歩いている。

「やあ、リリアン。可愛いリボンだね」

「ありがとう。パパが結んでくれたの」

「博士と一緒じゃないのかい？」

「パパは後から来るの。吉永《よしなが》さん、私がここにいることはパパに言わないでね」

「いらっしゃい、リリアン。ちょうど良かったわ、美味しいケーキがあるのよ」

「ありがとう、キャサリンさん。後で伺います」

大使館職員の名前と職種は全て頭に入っている。すれ違う相手に笑顔で答え、同じように相手を微笑ませながら、リリアンは勝手知ったる大使館の中をスキップで進んでゆく。

長い廊下を右に曲がり、いくつものドアを通り過ぎて今度は左に曲がってさらに奥へ。

次第に職員達の仕事場から遠ざかり、人が滅多に行かないエリアにたどり着くと、リリアンは素早く辺りを見回した。

人の気配はない。それを確かめて、リリアンは最後の角を曲がった。そこは館内の倉庫区画で、普段使わない機械や予備の備品、式典用のカーペットや燭台などが保管される場所だ。人気《ひとけ》のない廊下に、物品別のステッカーを貼られた部屋のドアがずらりと並んでいる。

この辺りの部屋は、鍵は付いているがロックはされていない。ロックで保護しなければならないような物は置いていないし、誰かが急に必要になって取りに来ることがたまにあるからだ。

その中の一つ、『大会議用備品』と書かれた部屋の前に立つと、リリアンはもう一度辺りを見回し、小さく息を呑むとするりと部屋に滑り込んだ。

「1、2、3……」

ドアに耳を付けてゆっくりと百数える。誰も来ない。もう一度繰り返して耳を澄ませる。大丈夫、廊下は静まり返っている。

「ふふ……」

肩を竦め、小さく笑うと、リリアンはドアをロックした。閉まったのを確認して、ポケットから小さなスポイトを取り出す。

父親から貰《もら》ったスポイトには、塩水が入っていた。人間には無害でも、精密機器には大敵の水分と塩分だ。ロックに屈み込んで制御装置に先端を差し込むと、リリアンは慎重にスポイトを押した。

半分で大丈夫のはずだけど、念のためにね。そう言ってスポイトを一杯にした心配性のパパに、ママは呆《あき》れたように笑っていた。

言われた通り半分だけ水を注いで解除を押してみる。ロックは開かない。

「やった！」

小さくガッツポーズをしてスポイトをポケットに戻し、リリアンは積み上げられた椅子の一つにちょこんと腰を下ろした。

飾りチェーンでスカートに繋がった懐中時計を取り出して、時間を確かめる。よし、時間通り。

これから長い間待たなければならない。じっとしているのが何より苦手なリリアンだが、今日は退屈だと感じない。胸を躍らせてその時間を楽しんでいる。

自分の役割は取るに足らない小さなものだが、重要な作戦の一部なのだから。

「安心して、パパ」

彼女を見送った父親の青褪めた顔を思い出して微笑みかける。

「待っててね、ママ。ちゃんとやってみせるから」

初めての任務に頬を紅潮させた娘に、親指を立ててウインクした母親に胸を張る。

華々しい再登場に備えて、リリアンは頭の中で何通りものシミュレーションを始めた。


その三十分後、ロードが警備室に顔を出した。

「リリアンを見なかったかな」

「ここには来ませんでしたよ」

館内に取り付けられたカメラ映像をモニターしている二人の保安員の一人が首を振る。

「おかしいなあ、もう来てるはずなんだが……」

ロードが顔を顰める。保安員は顔を見合わせて苦笑を噛み殺した。

娘が可愛くて仕方がないロードとおしゃまなリリアンの取り合せは、大使館内で有名になっている。

どこにでも顔を出し、誰とでもすぐに友達になってしまう少女と、その後を追いかける高名な大学教授の父親を、皆微笑ましく見ているのだ。

「レクリエーションルームじゃないですか？」

「行ってみた」

「厨房へは？」

「今日は顔を出していないと言われたよ」

「昨夜宿泊棟に視察団が到着しましたから、そっちで友達を作ってるんじゃないですか？」

ロードが首を振る。

「僕達の部屋以外は行ってはいけないと言ってある。あの子は約束は守るんだ」

言いながら、ロードの視線はずらりと並んだモニター画面を見つめていた。つられて二人もモニターに向き直る。

職員が行き交う廊下、十箇所以上ある大小の会議室、セクション別に区切られた事務室、コンピュータルーム、その隣の制御室。忙しげに働く職員達の中に、少女の小さな姿は見当らない。

モニターを切り替えて、別な場所を映し出す。パティオ、建物の周囲の広い芝生と綺麗《きれい》に剪定《せんてい》された木立、厨房、レクリエーションルーム。いない。

「非番の職員の部屋で遊んでいるのでは？」

カメラは職員の私室にはない。

「プライヴェートエリアへの出入りは禁止した。それは絶対にないよ」

ロードが断言する。彼の顔からは気楽な笑みが消え、表情が強張ってきていた。

「少し前まで、あちこちのカメラに映っていましたけど……」

ロードの心配が保安員に伝染して、彼らも身を乗り出してモニターを探す。だが、どんなに画面を切り替えても、館内のカメラはリリアンを捉《とら》えない。

「申し訳ないんだが、画像を少し戻してもらえないかな。仕事中なのはよく判っているんだが……」

「構いませんよ」

軽く答えて、保安員が録画映像を遡《さかのぼ》り始めた。ロードが顔を突き出してモニターを見つめる。

「いた。エントランス」

保安員の一人がモニターの一つを指差した。

「よし、彼女の姿を追ってカメラを切り替えてみよう」

もう一人が周辺の画像を幾つかのモニターに映し出す。娘を心配する父親には気の毒だが、保安員にとっては丁度いい暇潰しだった。

厳重なセキュリティに守られた大使館に不審者は入れない。巨大な歓楽街のような月の住人は楽しむことだけに全精力を注いでいるから、警戒しなければならない外部の敵もいない。

平穏無事すぎて、勤務時間に何もすることがないのが不満なくらいのダラけた職場なのだ。

二人はゲームを楽しむ気分でリリアンの姿を追っている。

いっぽう、父親は楽しむ気分ではないらしい。モニターの前を落ち着きなく動き回り、自分の大きな身体が二人の作業の邪魔になるのに気がついて、ようやく椅子に座った。少し離れた場所から伸び上がるようにして彼らの作業を見守っている。

「すまないね、後でよく叱っておくから」

「いいんですよ」

心配のあまり、コントロールパネルに覆い被さるように身を乗り出す大学教授に笑い返して、保安員は複数のモニターを使って手際よくリリアンの動きを追いかけた。

「……ほら、ここで右に曲がった」

「事務室に顔を出すのかな……、いや、通り過ぎた」

「このまま行くと休憩室だぜ」

二人は肩を寄せ合って画面を見上げ、リリアンの追跡に夢中になっていた。

――その時、コントロールパネルに乗り出したロードの指が、パネルの上をそっと滑った。

大きな身体で隠したスイッチを続け様に押すと、画面の隅で時を刻んでいたカウントが静止する。

「ほら、あそこにいる！」

画面を指差すのとは反対の手がさらに幾つかのパネルを操作し、背後のモニターのカウントが次々と止まってゆく。画面を見つめるロードの額にじわりと汗が滲んだ。

――ロードは生粋《きっすい》の文官だ。ジュール＝ヴェルヌでは様々な事件が起こったが、彼は常に後方支援に回っていた。しかし今回、彼は実働部隊、それも突破口を開く重要な役なのだ。

ロードは三四郎の動きを記録に残さないためにここにいる。

三四郎が作ったカウンターをシャツの下に張りつけ、音の代わりに震動でカウントを刻むのを感じながら、リリアンを探すという名目でモニターに近づいた。そして保安員の注意を逸らしながらモニター画面を操作し、実際の映像の上に偽の映像を被せるのだ。

リリアンの姿をモニターで見守る保安員の脇で、ロードの武骨だが器用な指がトラックボールを転がし、ダイヤルを調節して、さらにパネルを操作している。

楽しげにスキップしているリリアンを追いながら、ロードが背中に隠したモニターを素早く見た。どの画面にも人影はない。ただの廊下が映っているだけだ。

大使館の見取り図で三四郎の動きを検討し、慎重に設定した時間だけ無人の画面を被せる。証拠を残さないように痕跡《こんせき》を消し、すぐ次の映像へ。

心臓の上に張りつけたカウントと同じ音を三四郎も聞きながら動いている。

脇の下を冷汗が流れる。濡れたシャツが背中に張りつく。

しっかりしろと自分を叱咤《しった》しながら、ロードは震えそうになる指でパネルを操作し続ける。

「この先は物置だぞ。あ、廊下を曲がった」

「ほら、あそこ。辺りを見回して……、入って行きましたね」

物置代わりの部屋が並ぶ廊下に入ったきり、リリアンの姿は消えた。

監視エリアに入っていないため、この廊下にカメラはない。その先は行き止まりだ。

人気のない廊下の画面をしばらく眺めた後、保安員が揃《そろ》ってロードを見た。彼は青褪めた顔にびっしりと汗を浮かべて椅子に座り込んだところだった。

殆ど同時に彼の胸で小さな機械が微かに震えた。一瞬息を止めたロードが、がっくりと脱力する。

「――どうやら、物置の探険でもしてるつもりらしいね」

あはは……。引き攣った笑いを零して椅子に沈み込む。

「行ってみるよ。仕事の邪魔をして悪かったね」

高名な大学教授は、僅かによろめきながら立ち上がった。表情は強張り、顔色も悪い。唇に浮かんだ力ない笑みは、保安員達にはほっとしたのとバツが悪いのとで居たたまれなくなったのだと映った。

保安員達が顔を見合わせて苦笑を噛み殺す。

「気にしないでください」

「――本当に、申し訳なく思っているよ」

何も知らずに笑いかける二人に心から謝罪して、ロードはそそくさと警備室を後にした。

――少女の小さな冒険が大騒ぎになったのは、それからすぐのことだった。


「ドアが開かないって!?」

ロードの切羽詰まった声に呼び出された保守担当主任が、大慌てで廊下を走ってきた。

「なんで開かないんだ!?」

先に到着していた部下を睨みつける。

「どうやらロックがかかっているようです」

「ロック!?　ここは鍵なんかかけてないだろう！」

「そのはずなんですが……」

「話してないで早く開けてくれ！　リリアンが閉じ込められているんだ!!」

心配のあまり、ロードの声は裏返っている。

「マスターキーはどうした」

「やってみましたが開きません。解除システムが反応しないんです」

「そんな……」

分厚いドアを眺めながら、担当者が難しい顔で腕を組んだ。

「ああ……、リリアン！　リリアン!!」

二人を押し退けたロードがドアを叩き始めた。

「リリアン！」

――助けて！　パパ！

ドアの向こうから微かに声が聞こえてきた。ロードがドアに張りついて耳をつける。

――電気が点《つ》かないの！　真っ暗よ!!

「停電？　ということはショートしているのか？」

「はい。内部の空調設備も止まっています」

「空調なんてどうでもいい！　早く娘を!!」

――――ここから出して！　怖い!!

「大丈夫だよ！　すぐ助けてあげるからね!!」

ぴたりと閉じたドアに返すと、ロードは必死な顔で主任を見た。

「何をしているんだ!?　早く開けてくれ!!」

リリアンが閉じ込められたことは素早く大使館内に伝わり、ドアの回りには職員が集まってきていた。大使館のアイドルの危機を聞きつけて、かなりの人間が狭い廊下にひしめいている。

さすがに仕事中の人間はいないようだが、誰かが中継する画面を手近なモニターで見ているのだろう。彼等の背後では、状況を尋ねる通信がひっきりなしに飛び交っている。

肩を寄せ合う人々は、一様に心配そうな顔をしていた。皆、可愛らしい訪問者を愛しているのだ。

「業者に連絡を取れ！」

「この建物は、全て地球から資材を持ち込んでいます。業者は現地におりません」

「メンテナンスはこっちでしているだろう!?　担当者は何をしている!?」

「今、同タイプのドアを使って故障理由を推測しています」

苛立つ主任に、隣のドアに屈み込んだ作業服の男が顔を上げた。

「どうやら電気系統がどこかでショートしているらしいです。通常のドアなら別系統の配線があるんですが、ここに重要度が低いので、単一配線になってるんです」

くそっ、小さく毒突いた主任が助けを求めるように辺りを見回した。

「バーナーで焼き切ったらどうです？」

職員の一人がそれに応える。

「ドアの鋼板は2センチはあります。何時間もかかりますよ」

「何もしないよりましでしょ！　早く助けてあげて！」

拳を握った女性職員の声に、考え込んでいた主任がぐっと顎を引いた。

「……よし、バーナーを——」

「待ってください」

主任の声を遮って、ほっそりとしたスーツ姿が進み出た。

「建物が一定時間高熱に曝《さら》されれば、センサーが反応します」

陶宰寧《とうさいねい》だ。いつもは遠慮がちに後ろに控えている三等書記官が、主任の前に立つ。

「火災だと判断すれば、防火システムが作動してこの区画を遮断し、消火剤が撒《ま》かれます」

「そんなの、あの子を助けるためならどうってことないでしょ！」

「同時に機密保護のために重要書類の保管庫、中央制御室、コンピュータルームがロックされて、館内のダクトから二酸化炭素が放出されます。当然、職員達は持ち場を離れなければなりません」

女性職員の言葉などなかったように淡々と説明を続け、陶が主任を見た。

「つまり、大使館機能がストップしてしまうんです」

「………」

　そんな事態を引き起こす権限は自分にはない。主任が一等書記官を見た。判断を求められた一等書記官が身を乗り出す。

「月のレスキューを呼んだらどうかな？　機材を持っているだろう」

「それだ！」

「すぐに連絡を――――!!」

「賛成しかねます」

　ぱっと顔を輝かせた職員達が次々に口を開くのを、陶の静かな声が遮る。

「どうして!?」

「セキュリティの問題です。職員以外の人間を大使館の最奥に入れて、何か問題が起こったらどうします？　責任の所在を問われますよ」

「う……」

　大使館の高級官僚の事なかれ主義は徹底している。折角赴任した月という居心地の良い場所から余所《よそ》へと左遷させられるのは勘弁してほしい。一等書記官は黙って後ろに下がった。

　責任問題という言葉に職員達が顔を見合わせ、同じように後ずさる。静まり返った廊下に、しゃくり上げながら助けを求めるリリアンの声が微かに聞こえた。

「リリアンはどうなる!?　このまま閉じ込められていろと言うのか!?」

　救出方法で揉める職員達の言葉を聞きながら、ドアに身を寄せて娘を励まし続けていた父親が、たまりかねたように叫んだ。

「液体窒素を使いましょう」

一見したところ、とても大学教授とは思えない筋骨隆々としたロードに詰め寄られても、陶の落ち着いた口調は変わらなかった。

「少しずつロック部分に注ぎ込んで凍らせ、脆《もろ》くなったところをハンマーで叩くんです。それから月のレスキューから機材を借り出して、ドアを開ける作業も並行して行なう。それが一番でしょう」

「どのくらいかかる!?」

「何時間かかるか……、私はそういうことの専門ではないので」

「あの子は真っ暗な部屋で泣いてるんだ！　そんなに待てない！」

肩を怒らせたロードが、壁に取り付けられた通信機に飛びついた。

「何をなさるおつもりです？」

「サンドラに連絡する！　駐屯軍の出動を要請する!!」

「それは――」

「軍人ならもう来てるよ」

人混みの背後から声がかかって、長身のロードよりさらに大きな男が職員達を掻き分けて進み出た。

「レックス大佐!?」

「悪いな。くだらない会議にだらだらと付き合わされてて、たった今聞いたんだ」

目を見開いたロードににこりと笑いかけ、レックス大佐がドアの前に立った。

「リリアン！　聞こえるか!?　Ｔ・レックスが来たぜ」

――Ｔ・レックス？　レックス大佐！　来てくれたの!?

「ああ。心配するな、すぐ助けてやる。だから、俺の話をよく聞くんだ」

――ホントに？　ホントに大佐が私を助けてくれるの？

弱々しく聞こえていた泣き声が止まる。

「任せとけ。ただし、少し物騒な救出方法だ。まず、ドアから一番遠い部屋の隅に行くんだ。それから机や椅子を積み上げてその後ろに隠れ、できるだけ小さくなるんだ。出来るな？」

――出来る！　やるわ！

リリアンから返事を聞いて、大佐が手に持っていた長い物体をひょいと肩に担ぎ上げた。

「――――っ!?」

居合わせた人間が一様に目を見張る。彼がドアに向けたのは銃だ。それもショットガンなどという可愛らしい代物ではない。バズーカ並の大型銃だ。

彼は事件のあらましを聞くと、すぐに武器庫に向かったのだ。

茫然と見つめる職員達に、大佐が連れて来た男達を指し示したが彼らは作業着姿でタンクを背負い、ノズルをドアに向けて立っている。

「こいつらが窒素ガスを噴射して周囲の熱を下げ続ける。そこで俺が銃を撃つ。爆破の熱を窒素ガスの冷気で相殺《そうさい》すれば、火災センサーが感知する温度まで上がらないだろう」

「そんな乱暴な……」

「いいな」

茫然と呟いた主任をきつい睨みで黙らせた大佐が、彼にではなく、陶に向かって確認を取った。

大佐の気迫に押されたように、目を伏せた陶が黙って引き下がる。陶が職員達の背後に引っ込むのを目で追って、大佐が閉まったドアに向き直った。

「リリアン！　3秒カウントしたら始めるぞ！　目を閉じて耳を塞《ふさ》げ！　職員はここから離れろ」

大佐の命令を待たずに、職員達が我先に逃げ出した。

「博士、こちらへ」

黒光りする銃身を茫然と見つめ、棒立ちになったロードの肩をそっと押して、陶が彼を下がらせる。

「噴射しろ」

短い命令に、男達が手に持つノズルから白いガスが勢い良く流れ出た。マイナス百九十五度の窒素ガスが廊下の空気を一気に下げ、ドアがみるみる凍りついてゆく。

「カウント開始。1、2、3」

大きな声でゆっくりとカウントすると、大佐が無造作にトリガーを引いた。

白く煙った狭い廊下に轟音《ごうおん》が鳴り響き、煙と共に金属の破片が飛び散る。

二発で充分だった。銃弾はロック機構を破壊して、分厚いドアを貫通していた。

まだ反響が止まないうちに大佐が動きだした。分厚い手袋を素早くはめ、同じ物をロードに投げて、鋼板が捲《めく》れあがったギザギザの穴に手をかける。

「博士！　手伝え‼　リリアン！　まだ動くなよ！」

呼ばれたロードがドアに飛びつく。逞しい二人が満身の力を込めると、重いドアが少しずつ動きだした。

「まだだ、もう少し待て……、もう少し――っ、よし、いいぞ」

「Ｔ・レックス！」

彼の声と同時に、僅かに開いた隙間から冷気と共にリリアンが飛び出してきた。両手を広げて待つ父親の傍を擦り抜けて、大佐に抱きつく。

「あなたが助けてくれたのね！　ありがとう！」

「おいおい、まずお父さんだろ。心配してたんだぞ」

思わずよろけるような勢いで抱きつかれて、大佐が複雑な顔をしているロードを照れ臭そうに見た。

「ああ、パパ！　ごめんなさい！　ごめんなさい！」

膝をついて腕を広げた父親の胸に飛び込んでしゃくり上げる。

「私……、私、探険してたの、そしたら綺麗な花瓶があって、よく見ようと部屋に入ったの。そしたら急にドアが閉まって、明かりが消えて、出られなくなって……っ……」

父親の大きな腕に包まれて安心したのか、リリアンが泣きじゃくる。

「ごめんなさい。本当にごめんなさい、ごめんなさ――っ……」

小さな声が涙で途切れ、ロードが愛娘をしっかりと抱き締めた。

「いいんだよ、リリアン。でも、もう二度とこんなことしないでくれ。パパは心臓が止まりそうだったよ」

「はい、ごめんなさい。もう二度としません」

何度も頷く娘の艶やかな赤毛を優しく撫でて、ロードが顔を上げた。

「大佐、ありがとうございました」

それから少し離れた所に立つ保安主任に頭を下げる。

「申し訳ありませんでした。破壊したドアは弁償します」

そして最後に、いつものように人の後ろに下がってしまった陶を真っすぐに見た。

「責任は僕が取ります。大使館の方や大佐に、絶対に迷惑がかからない報告書を出してください」

「……それを決めるのは私ではありませんから」

相変わらず静かな声で、陶が伏し目がちに答えた。

「……っ、あのね」

職員達がリリアンを囲んで彼女の無事を喜んでいると、くすんと一つしゃくり上げたリリアンが、考えながら小首を傾げた。

「気のせいかもしれないんだけど、私が物置に入ったとき、廊下に誰かいた気がするの」

「え？」

「私、ドアは開けたままにしておいたのよ。なのに一歩入ったら突然電気が消えて、それからドアが閉まったの」

「それは――」

ロードと大佐が顔を見合わせる。

「ちょっと待ってくれ。誰かいたって？」

大佐がロードの隣に膝をついた。目線を合わせた大佐にこくんと頷いて、リリアンが頼りなげに首を振る。

「確かじゃないの。怖かったし一瞬だったから。でも、ドアが閉まる瞬間に、黒い人影が……」

難しい顔をして、大佐が立ち上がった。

「調べたほうが良さそうだな」

――その瞬間。

「――っ!?」

遠くでこもった爆発音がして、建物が小さく振動した。殆ど同時に警報が鳴り響く。

「きゃあ！」

「なんだ!?　地震か!?」

月に赴任するような人間達は誰もが一定以上のランクの人間で、危険が予想される任地に派遣されたことなどない。訓練以外で危険を報せるアラートを聞いたことがない人間が殆どだった。

しかし、大佐は彼らとは違う。

「警備室！　場所を特定！　武官に召集をかけろ！」

通信機に怒鳴ると同時に走りだす。

「警備員はついて来い！　非戦闘員は退避！」

慌てて後を追う警備員を引き連れて、大佐の姿は廊下を曲がった。

「非戦闘員……？」

聞き慣れない軍事用語に誰かが小さく呟いた。

「僕達のような、銃を握ったことのない人間のことですよ！　さあ、避難しましょう!!」

ロードが手早く説明して、リリアンの手を引いて走りだす。

彼らを誘導しながら、ロードがちらりと背後を確かめた。

顔色を変えて後に続く職員達の中に、陶のほっそりした姿はなかった。


「くそ、やられたな」

派手に飛び散ったガラスの破片を片付ける保安員を眺めながら、大佐が舌打ちをした。

「誤導だ。リリアンをここから一番遠い倉庫に閉じ込めて職員達の注意をひきつけ、その隙に爆弾を仕掛けたんだ」

ここは渡り廊下で繋がった宿泊棟の一画だ。煌《きら》びやかなシャンデリアが下がり、本物のバラが飾られた一流ホテル並の豪華なダイニングで、レースのカーテンが下がったフランス窓の向こうには、瀟《しょう》洒《しゃ》なパティオが広がっている。

「あそこは実務棟から離れているし、宿泊棟とは反対側だ。おまけに職員の半分はあっちに詰めかけ、もう半分は仕事そっちのけで救出の実況中継に気を取られてた」

「しかし、あの子が物置に行ったのは偶然ですよ」

武官の制服を着た部下が大佐を見る。

「あの廊下に行った奴なら誰でも良かったのさ。一日に一度くらいは誰かが行くし、職員ならポータブル端末を持っているから、閉じ込められればすぐに連絡する。それを物陰に潜んで待ってたんだろう。一度侵入しちまえば、下手に動くより安全だ」

「ああ、なるほど」

爆弾探知機をしまいながら部下が頷いた。他にも爆弾がないか探したが、どうやら仕掛けられたのは一つだけだったらしい。

「それにしても、被害はドアの周辺だけですよ。爆弾の威力が小さすぎませんか？」

大使館付の武官の言う通り、破壊されたのは数ヶ所ある出入口の一つの周りだけだった。

ドアが弾け飛び、ダイニングテーブルが引っ繰り返って椅子が数脚、ばらばらに壊れて部屋の隅に吹き飛ばされている。上等のクロスは焼け焦げ、誰の作品かは判らないが、おそらく有名な画家が描いたであろう絵には無惨な鉤裂《かぎざ》きが出来ている。一番の被害は、昼食会に備えて並べられた高価な皿やグラスだろう。しかし、この程度の被害は軍人の基準では破壊工作とは呼ばない。

危険を冒してセキュリティの整った大使館に侵入したにしては、あまりにお粗末な結果だ。

「いったい何を爆破するつもりだったんだろう……」

首を捻《ひね》る武官の脇で、難しい顔をした大佐が腕を組んだ。

「……おそらく、誰か一人を狙ったんだ」

「え？」

「昨夜、仕事に託《かこつ》けて月に遊びに来たお偉いサン達が到着しただろ？　そいつらは月観光に出る前に、ここで昼食を取る予定だった。その中の誰かを狙ったんだとしたら？」

大佐がテーブルの一番激しく壊れている場所を指差した。

「たとえば、ここにあった椅子の下にプラスチック爆弾を張りつけたとしたら、座った奴は今頃人間の形をしていない。人体はとても優秀な遮蔽物だから、とばっちりを受けるのは両隣の人間くらいで、あとはせいぜいひどい火傷と、飛んできたガラスで手を切るくらいだ」

話しながら黒く炭化したテーブルに触れ、広い肩をひょいと竦める。

「つまり、誰か一人を狙ったんだとしたら、この程度の威力で十分なんだよ」

「ってことは……」

武官とはいえ、今まで実践で銃を抜いたことがないらしい部下の顔が青褪めていった。

「破壊工作じゃなくて暗殺だ」

あっさりと答えた大佐の唇が、物騒な笑顔に吊り上がる。

「ふふ……、まさか月で、こんな事件に遭遇するとはな」


「はい」

来訪を告げる涼しげな音に応えて、カイがドアを開けた。

一回り大きなバスローブの中で、カイのほっそりした身体が泳ぐのが判る。凱の私室からしどけない姿を現わしたカイに、陶宰寧が慌てて目を伏せた。

「あ……っ、おくつろぎの所申し訳ありません！　その……、近衛副参事官は」

「ドクターならあちらに」

カイの視線を陶が追った。奥から微かに水音が聞こえている。

「シャワー……、ですか？」

「はい。利《き》き腕が不自由なので、私がお手伝いしていました」

狼狽《うろた》える陶ににこりと笑い返し、カイが濡れた髪をかき上げる。

「ご用件は？　差し支えなければ私が伺いますが」

髪から滴る水滴がほっそりとした首筋を伝ってゆくのを魅入られたように見つめていた陶が、くっと息を詰めて目を逸らした。

「……っ、ルンドベック博士のお嬢様が閉じ込められたことと、宿泊棟の爆弾の件で――」

「警備のほうから報告は受けています」

「では、避難要請が出ていることはご存じでしたか？」

「ええ。爆発が小規模だったことと宿泊棟がここから遠いことを考え合わせまして、この場に留《とど》まったほうが安全だと判断しました。それに――」

くすりと笑って、カイが自分のバスローブ姿を見おろした。

「こんな格好で飛び出すのもどうかと思ったものですから……」

「はあ。――しかし、ロード博士とは御友人だと伺いましたが……」

「彼のお嬢さんが閉じ込められているのを知りながら、のんびりシャワーを浴びているのはおかしいとお思いですか？」

「いえ！　そういう訳では……っ！」

悪戯っぽく眉を上げるカイに、陶が慌てて首を振る。

「ちゃんと心配していましたよ。しかし、あそこに駆け付けるのはかえって救助の邪魔になると思いましたので、シャワー室のモニターで確認していました。それもあって、この場を離れたくなかったんです」

「なるほど、正しい判断ですね」

非の打ち所のないカイの返答に、陶は頷くしかない。

「保安部には事情を連絡しておきましたが、あなたには伝わっていなかったようですね。わざわざご足労頂いて申し訳ありません」

「いえ！　出すぎた真似をしてすみません。お姿が見えなかったので心配になって……っ」

口調はあくまでも丁寧だが、何故警備員でもない陶がここに来たのかと暗に問いかけるカイに、陶が恐縮しきって身を竦める。

「人的被害はなかったと聞いていますが、その後どうなりました？」

「怪我をした人間はおりませんが、被害という点では甚大です」

「え？」

「実は、客人達が揉めているんです」

目を見張るカイに、肩を竦めた陶がため息をついた。

「保安員がモニターを調べたんですが、大使館の本館側から宿泊棟へ向かった人間がおりませんでした。職員もそれ以外も、誰もあちらには行っていないんです」

「では、犯人は宿泊棟側から侵入したと？　そちらのモニターもお調べになったんでしょう？」

当然のことを聞いたカイに、陶が僅かに口籠もる。

「――それが、モニターが全てオフになっておりまして……」

「何故です？」

カイが上品に目を見張った。

「お客様達が、せめて安全な月くらいは個人の時間を持ちたいとおっしゃいまして。今回滞在なさる方々はＶＩＰばかりで、一人一人にＳＰがついています。それで充分だと言われれば、私どもとしては如何《いかん》ともしがたく……」

「私が口を出す筋合いではありませんが、警備上、問題ではありませんか？」

「それが、月で知り合った御友人を部屋へ招くのを記録されたくないとお考えの方が多くて……」

言いにくそうに呟く陶に、カイが小さく吹き出した。

「そんな風に持って回った言い方をする必要はありません。いわゆる『お持ち帰り』ですね？」

「お恥ずかしい話です」

縮こまる陶にカイが微笑みかける。

「お気になさらず。私は月の人間ですよ。しかし、記録がないとなると厄介ですね」

「ええ。中庭のモニターが、走り去る黒い影を窓越しに映していましたが、それもほんの一瞬、カーテン越しに垣間見えただけです。画像処理をしましたが、人影らしいとしか……」

「なるほど。しかし、それが揉める理由になりますか？」

「大使館側からの出入りがなく、敷地の外からの侵入の形跡もありません。となれば、犯人は宿泊棟内にいることになります」

「論理的に考えればそうなりますね」

「それで、客人達が騒いでいるんです」

「なるほど、内輪で犯人探しを始めた訳ですか」

全く平静に返したカイに、陶が大きくため息をついた。

「今回の視察団は連邦政府の議員であると同時に、多かれ少なかれ新設されるドーム建設に関係している人間ばかりです。大きな利権が絡んでいるので、犯人探しが生臭《なまぐさ》いことになっているんです」

「商売敵を亡き者にするか、そこまでしなくても、怯《おび》えさせて手を引かせようとしたとか？　ふふ、欲が絡めば、人間は思い切った真似をするものですからね」

恐ろしいことを平然と言って、カイがふわりと微笑んだ。

「容疑者は視察団。そして全員が地位と権力と資金を持っている。――――となると、犯人探しは少々面倒なことになりますね」

「ええ。果たして犯人を特定していいものか、それ以前に、手順通りの捜査をしていいものか……」

「大使館内の出来事に月の行政府は手出しできませんが、お手伝いすることは出来ますよ」

肩を落とした陶に、カイがするりと近づいた。

「揉めている相手を同じ場所に置いておくのはまずいでしょう？　こちらで宿泊施設を用意いたしま

すから、何人か移られたらいかがですか？」

「え……？」

顔を上げた陶に、にっこりと微笑みかける。

「せっかく月においでになったお客人ですから、精一杯のおもてなしをさせて頂きます」

「それは――っ、しかし……、そうですね………。有り難いお申し出ですが、私の一存ではお答えできません。上司や視察団と相談させて頂きます」

「ええ、どうぞ」

それで話は終わったと判断したカイが、ドアを閉めるために一歩下がった。

しかし、部屋に半歩足を踏み入れたままの陶が動かない。

「まだ何か？」

バスローブの衿を掻き合せて、カイが小首を傾げた。

「副参事官とお話をさせて頂けませんか？」

「ドクターと？」

「はい。退避要請が出た際は、在館者全ての無事を確認しなければならない規則ですから」

あくまで手続き上の問題です。申し訳ありません。

言いにくそうに呟いて、陶がポケットからポータブル端末を取り出した。在館職員の名簿らしい。

殆どの名前の脇に現在の居場所が書き込まれ、本人確認の赤いライトが点いているが、近衛凱の所だけは空欄になっている。

「ドクターはあちらに」

カイが視線で後方のドアを示した。シャワー室からは相変わらず水音が聞こえている。

「申し訳ありませんが、お呼び頂けませんか」

恭《うやうや》しい態度は崩さないものの、陶は引き下がる気配を見せない。

「と、おっしゃられても……」

形の良い眉を寄せて、カイがほっそりとした肩を竦めた。

「ドクターは髪を洗っているところでした。泡だらけなんですよ」

「お待ちします」

「私の言葉は信用できませんか？」

「いえ！　そういう訳では！　在館者の無事を確認するのが規則なだけです！」

カイが悪戯っぽく眉を上げるのに、陶が慌てて首を振る。

「十分……、いや、五分後にもう一度おいで頂く訳にはいきませんか」

「申し訳ありません」

バスローブ姿のカイから目を伏せたまま、陶が何度目かの謝罪を口にした。

「困りましたね」

小さく息を吐いて、カイが肩越しに水音の続くドアを振り返る。

「では、様子を見てきましょう」

「お願いいたします」

歩きだしたカイに続いて、陶が滑るようにもう半歩部屋に足を踏み入れた。それと判らないくらい僅かな前進だったが、そこからなら部屋全体を見渡せる位置だ。

陶の視線が素早く部屋の様子を一瞥し、シャワー室の前に立つカイの背中越しにドアを見つめる。

「ドクター？」

カイが軽くノックして耳を澄ませた。

「ミスター陶がお見えですよ」

声をかけてもう一度ノック。水音は途切れず、中からの応えもない。

振り向いたカイが、苦笑を浮かべて肩を竦めた。それに慇懃《いんぎん》な笑みを返しながらも、陶の視線はドアに注がれている。

「ドクター！　眠っているんですか!?」

「あの！　お顔だけでも拝見させて頂ければそれで結構ですから!!」

さっきより強いノックに陶の言葉が重なる。

「だそうですよ！　聞こえましたか？」

相変わらず中からの返答はない。唇に笑みを浮かべながらも、陶の眉が微かに寄せられた。

無言の陶が、何故ドアを開けないのかと目で問いかけている。

困惑が不審に変わる寸前の陶と閉まったドアに挟まれたカイが、僅かに躊躇《ためら》ってゆっくりとノブに手を伸ばした。その場を動かないものの、陶がドアの向こうを見ようと伸び上がる。

カイの指がノブに触れる瞬間、唐突にドアが開いた。

「――――っ!?」

「おっと！」

「ドクター!!」

外側に向けて開かれたドアをぶつかる寸前で避けて、カイが姿を現わした男を睨んだ。

「なんで返事をしないんですか!?　何度もノックしたんですよ！」

「ノック？　シャワーを浴びながら音楽を聴いていたんで」

頭からタオルをかぶり、腰にバスタオルを巻いただけの姿で水滴を滴らせた長身が、耳から小さなイヤホンを取り出した。

「それより身体を拭くのを手伝ってもらえませんか？　このままだと湯冷めしてしまう」

屈託のない笑顔でカイを見つめた視線が、彼の肩越しにこちらを見ている陶に気がついた。

「え……っと……、ミスター陶……？」

焦点を合わせるように目を細め、ドアの前に立つ細身のスーツ姿に目を凝らす。

「眼鏡がなくてよく見えないんだが……」

「はい、私です」

半裸の男をじっと見つめていた陶が、ぎこちなく微笑んだ。

「ミスター陶は、退避指示に従わなかった私達の無事をわざわざ確認にいらしたんです。あなたからもよく謝ってください」

逞しい身体にぴたりと寄り添い、滴る水滴を拭きながら、カイが甘えるように軽く睨む。

「それは申し訳ありませんでした」

たっぷりと媚を含んだ視線に目を細め、居たたまれなさそうに佇む陶ににこりと笑いかける。

「さすがの僕にも、スッ裸で逃げ出す勇気はなくてね」

「は、あ……」

さっぱりと邪気のない笑顔を向けられて、陶が引き攣ったような笑みを返した。

「そのまま立っていてください。カーペットに水が落ちます」

二人の会話を余所に、カイは濡れた身体を拭くことに専念している。

「――痛みますか？」

「いや」

愛撫と変わらない手つきで張りのある肌にタオルを押し当てていたカイが、顔を上げて陶に向き直った。

「これでよろしいですか？」

「あ――はい！」

逞しい身体をじっと見つめていた陶が慌ててポータブル端末に視線を落とした。手早く操作すると、凱の名前の上に確認の赤いライトが点《とも》る。

「確認いたしました。お邪魔して申し訳ありません」

「こちらこそ、ご面倒をおかけしました」

深々と礼をする陶ににこやかに笑い返すと、カイが腰に手を当てて振り返った。

「あなたはもう一度シャワー室に戻ってください」

「は？」

「まだ腰から下を洗っていませんね。どうせシャワーで流しただけでしょう？」

悪戯っぽく笑ってそっと背中を押す。

逆らわずにシャワー室に消えた背中を追って歩きかけ、茫然と二人を見送る陶にちらりと視線を流すと、口元に艶やかな笑みを浮かべて細い腰に巻かれた紐に手をかけた。

僅かに一方の肩を下げると、一回り大きなバスローブが滑り落ちる。単純な動作なのに、まるで舞の所作のように優雅で、滴るほどに淫靡《いんび》だ。

「――では失礼します。ミスター陶」

猫が喉を鳴らすような含み笑いを残して、カイの姿もまたシャワー室に消えた。

３　プランＢ

「ロードとサンドラに連絡しろ！」

ドアが完全に閉まるのを待って、三四郎がシャワー室を飛び出した。

「計画変更だ！　プランＢ‼」

一声叫んで腰のタオルをむしり取り、凱の服を拾い上げながらちらりとカイを見る。

「陶を足止めしてくれて助かったぜ。あんたが時間を稼いでくれなかったらヤバイことになってた」

「一応聞くが、どうやって戻った？」

忙《せわ》しなく動く三四郎を、カイがしげしげと見る。

陶が部屋に来たとき、三四郎はここにいなかったのだ。

「よじ登ったに決まってるだろ！」

「ここは三階だぞ」

「よく言うぜ！　あんたがシャワー室の窓を開けたくせに！」

予想通りの答えだったが、納得するのは難しい。直線で構成された建物には、手をかける場所などない。シャワー室の窓は、爪さえ立たないなめらかな壁面の２０メートル上にあった。

陶が部屋に向かっているのをモニターで見たとき、三四郎の運動能力に賭けて窓を開けたのはたしかにカイだ。だが彼が姿を現わしたとき、驚きを顔に出さないようにするのは一苦労だった。

「おまえに対する私の認識は、まだ甘いということか……」

「何をごちゃごちゃ言ってる!?　さっさとロードを呼び出せ！」

当然のようにそこにいる三四郎をもう一度見て、カイは唇に苦笑を刻みながらロードを呼び出した。

「カイです。そちらは落ち着きましたか？」

誰が聞いているか判らない汎用通信だ。顔色は青褪めていたが、声に動揺は見せない。

「無事で何よりですが、リリアンは怖い思いをしましたね。怯えていませんか？」

状況を説明するロードの声に頷きつつ、キーパッドに指を走らせる。

画面に浮かび上がったのは館内映像だ。６分割された画面は、大使館の内部と慌ただしく走り回る大使館付き武官、正面玄関前で肩を寄せ合う職員達を映し出していた。

その中に、リリアンをしっかりと腕に抱いたロードの一際大きな姿がある。

「――ええ、宿泊棟の爆発も聞いています。問題が起こったようですし、リリアンも心配です。こちらが落ち着くまで、官邸でお休みになりませんか」

小さいがクリアな画面の中で、首に腕を巻き付けたリリアンに笑いかけながらロードが頷く。

「はい。私達も戻りますから後程官邸で。しかし、食事をご一緒するというプランは変更ということになりますね。申し訳ありませんが、あなたからサンドラにお伝えください」

プラン変更。さり気なく告げられた言葉に、画面に映るロードの顔が強張るのが判った。

「あの陶ってヤツ、かなりのやり手だぜ」

今やトレードマークとなったアームホルダーを首に通しながら、三四郎が鋭く舌打ちをする。

「俺が制御室にたどり着いた直後に奴も来た」

「罠《わな》は？　仕掛けられなかったのか？」

「ぎりぎりでスクリプトは読み込ませた。だが、データには手が出せなかった」

まとめた髪をシャツの中に突っ込みながら、三四郎が肩を竦める。

「あいつが行ってからもう一度忍び込もうとしたんだが、あの野郎、ロック機構をいじって、一時的に暗証番号を無効にしやがった。変わったコードを調べてる途中でベルが鳴った」

時間切れだよ。鋭く息を吐いて、三四郎がカウントを刻む小さな機械をポケットに突っ込む。

「奴がここに来たってことは、俺達を疑っているということだよな」

髪を整える手を止めて、三四郎が顔を顰めた。

「陶が連邦の回し者なのはこれで決まりだな」

「その可能性は高い。だが、決め付けるのは早計だ」

「可能性!?　はっ！」

カイの慎重な言葉に、三四郎が尖《とが》った犬歯を剝《む》き出す。

「そーゆー持って回った言い方は時間の無駄だぜ！」

「ここで断定するのは危険だと言っているんだ」

苛立ちも露《あらわ》に睨みつける視線を平然と受けとめて、カイが抑揚のない声で言い返した。

「ミスター陶が何かを探っているのは確かだ。しかし、彼の行動の理由はまだ判っていない。おまえの言う通り私達二人を疑っているのかもしれないし、月の行政府代表の私だけが目標なのかもしれない。ドクターの狙撃事件を追っている可能性だってある。ただ単に、ずば抜けて優秀なだけなのかもしれないし、ひょっとしたら、彼が以前言っていたように、大使館側の問題なのかもしれないんだ」

「ちっ！」

言われてみればその通りだが、それを素直に認めるのは悔しいのだろう。三四郎が舌打ちをして目を逸らす。

「おまえが部屋を出てからの館内の動きを説明する」

まだ腹の虫は治まらないものの、取り敢えず話を聞く気になった三四郎を目で呼んで、カイがモニターを操作して映像を巻き戻した。

「見ての通り、おまえが読み込ませたスクリプトはきちんと作動している。保安室が管理している映像はこちらに筒抜けだ」

「とーぜん」

渋々近寄ってきた三四郎が短く答える。

保安室の制御と大使館の監視。これが今回の計画の第一段階だった。

政府の出先機関という性質上、館内映像は機密事項だ。本来であれば、一部の保安員以外がモニターを見ることは出来ない。

しかし、どこにでもカメラが設置されているせいか、その機能は逆に軽く見られている。職員は気軽に保安室に顔を出すし、セキュリティも甘い。ロードが簡単に入り込めたのはそのせいだ。

彼等はそこに付け込んだ。ロードが作り、三四郎が読み込ませたスクリプトは、痕跡を全く残さずにセキュリティコンピュータに出入り自由の裏口を作り、保安室の機能を乗っ取ることを可能にするものだった。メインの情報に手は届かなかったが、これで大使館内の動きは監視できる。

彼等が今見ている映像は、その成果の一つだ。

「スクリプトが機能したのは、リリアンの騒ぎが知れ渡って職員が倉庫に集まり始めた直後だ」

カイの説明に三四郎が覗き込むと、モニターには騒《ざわ》めく職員が映し出された。連れ立って廊下を走る者、椅子から腰を浮かせて同僚の話に聞き入る者、コンピュータに屈み込んで画面を覗き込む者。

「騒ぎが始まってからの職員達の行動はほぼ予想通りだ。不審な、というより的確な動きをしているのは、やはり陶宰寧ということになるな」

話しながら、カイがキーパッドを操作する。

「彼はリリアンが閉じ込められたと知らされた直後に保安室に行き、館内の映像を確認している。それからすぐに制御室に向かった」

「足音に気づいて俺が飛び出すのと、奴が廊下を曲がるのは殆ど同時だった。マジ危なかったぜ」

「取り敢えず、彼はおまえの侵入に気がつかなかったようだ。ざっと制御室を確認してロック機能を無効にすると、リリアン達の所へ向かっている。だが、彼がやったのはそれだけではない」

陶の動きを追って、カイが画面を切り替える。陶は自分のコンピュータに屈み込んでいた。

「セキュリティをレベル2に上げてデータへのアクセスを遮断し、それから門を閉ざして大使館と外部の行き来を封じた。これを全て、爆発が起きる前にやっている」

「くそ、勘所《かんどころ》をきっちり押さえて動いてやがるな」

悔しげに唸《うな》る三四郎に無表情に頷いて、カイがさらに画面を進めた。

「これがリリアンの救出直後の映像だ」

宿泊棟に繋がる無人の廊下を映し出していた画面がブレて、大量の煙が吹き出す。

「えらく早かったじゃないか」

三四郎が責めるようにカイを見た。

「おかげで俺はメインコンピュータどころか、執務室にもたどり着けなかったんだぜ」

計画ではリリアンが救出され、集まっていた職員達が職場に戻る直前に爆発を起こす予定だった。

ただでさえ注意が散漫になっている職員達を浮き足立たせ、とどめのアラートで職場に残っていた職員達を立ち去らせて、執務部屋を無人にする計画だった。

その間に三四郎は執務室へ向かい、混乱に乗じてメインコンピュータか、メインコンピュータにアクセス権限を持つ職員のコンピュータにバグを仕込む手筈《てはず》だったのだ。

「大佐の登場で、想定時間の半分でリリアンが救出された。止むを得ず、起爆させせなければならなくなったんだ」

爆弾を仕掛けるのは三四郎の仕事だったが、起爆させるのはカイの役目だった。彼はロードの書いたスクリプトがセキュリティコンピュータの裏口を開けた直後からモニターで監視し、互いに連絡を取り合うことの出来ない状況で全体の流れを統率していた。爆発は混乱の増大であり、陽動であり、三四郎への合図でもあったのだ。

画面から顔を上げ、カイが事情を知らない三四郎をちらりと見た。

「大佐は、もし自分ならこうやるとおまえが言った通りのことをやったぞ」

「へ？」

「窒素ガスを噴射させながら大型銃でロックそのものを破壊した」

「ふん……、まあ、それが一番手っ取り早いからな」

敵とはいえ、いかにも自分好みのやり方で邪魔をしてくれた大佐に、三四郎が複雑な顔をする。

「ミスター陶の仲間ではないかもしれないが、大佐は油断のならない相手ということだ」

「で、その大佐と陶はどこにいる？」

カイが素早くキーを操作する。

大佐は武官と一緒に爆破された部屋にいた。さらに画面を切り替えて陶宰寧を探すと、陶は保安室で彼等と同じようにモニターを見上げていた。

「とにかく、目的は半分しか達成できなかったんだ。さっさとここを出るぞ」

気を取り直した三四郎が顎を引く。

「ああ。部屋にいたという私達のアリバイは崩せないが、簡単な事情聴取はあるだろう。問題は、おまえがそれを上手《うま》く切り抜けてくれるかどうかだ」

カイが眉を寄せて三四郎を見た。臨機応変の危機管理能力や人間離れした身体機能に比べると、三四郎の言語能力は著しく劣っている。

カイの懸念を余所に、身仕度を整えた三四郎が胸を張った。

「任せとけって！　ビビって逃げ出す凱を熱演してやるぜ‼」

こんな場面でも、彼は年の離れた弟の権威を貶《おとし》めることなら大歓迎らしい。

「ふふ……、それは頼もしいな」

自分に向けられた子供っぽい笑顔にカイが苦笑する。

そしてこの緊急事態が二人の間の溝を埋めている皮肉に苦く嗤《わら》ってからぐっと顎を引いた。

「ここを出るとなると、幾つか質問されるだろう。私の言うことを覚えてくれ」

「おう！」

「言い回しと態度に気をつけるんだ。それと姿勢だ」

「だから任せろって！」

「おそらくサンドラは官邸に向かっているはずだ。ロードとリリアンは少し遅れるだろう。ドクターを交えて、すぐに善後策を練らなければならない」

「プランBだな」

まっすぐに自分を見つめ、長い犬歯を見せてにっと笑った三四郎にカイが頷く。

「――ああ、プランBだ」

三四郎の切れ長の瞳に微笑む自分が映っているのを確認して、カイはゆっくりとバイザーをつけた。


「今回最大の功労者はあなたですね」

映像を見終わった凱がロードに笑いかけた。

「主演男優賞ものの名演技です。素晴らしい」

「はは…、そう言ってもらえるのは嬉《うれ》しいけれど、思い出したら冷や汗が…」

映像を見ることで追体験してしまったのだろう。力なく笑ったロードが、青褪めた顔にハンカチを押し当てる。

ベッドに半身を起こした凱が、ロードの隣にちょこんと座るリリアンに視線を向けた。

「リリアンもよくやってくれました。怖かったでしょう？」

「ううん、すっごく面白かった！　ちっとも怖くなかったわ!!」

興奮覚めやらないリリアンが頬を上気させて答える。

「なんか変な気分よ。この子、普段は意地でも泣き顔を見せないの。だから、例え演技でもあんなに泣くのは初めて見たわ」

母親の顔で微笑んだサンドラが、一転目を輝かせて娘の顔を覗き込む。

「それにしても、T・レックスに抱きつけるなんて役得ね。どう？　大佐は逞しかった？」

「サンドラ！　娘になんてことを聞くんだ！」

「ママったらもう！　あれは演技よ!!」

腰を浮かせたロードと耳まで赤くなったリリアンが叫ぶのに、サンドラが肩を竦める。

「あら、だって華々しく登場して助けてくれたのよ。ヒーローじゃない。私だったら惚れちゃうわ」

「ササササンドラ！」

「ママ！」

「見て、リリアンったら顔が真っ赤よ。ねえ、胸がドキドキしたでしょ？」

「ドキがムネムネなのはいいけど、素通りされたパパは複雑だな」

広げた腕を擦り抜けて、真っすぐ大佐に抱きついていったリリアンを見るロードの顔をアップにして、三四郎が唇を吊り上げる。

「違うもん！　パパだと思って抱きついたんだもん！　ガスでよく見えなかったのよ!!」

赤い顔で睨みつけるリリアンに、三四郎が様になったウインクを投げた。

「こんなチビっ子でも、パパよりオトコを選ぶんだな。女は怖いねえ」

「違うってば！　三四郎のバカ!!」

「ちょっと！　私の家族をいたぶるのをやめてくれる？　見てよ！　リリアンは沸騰しそうだしロードは丸まっちゃったじゃない！」

「俺のせいか!?」

「私はからかっただけ。とどめを刺したのは三四郎よ」

「そろそろ先に進んでいいですか？」

騒々しい二人のやりとりに、凱が口を挟んだ。

肩を落とし、悄然《しょうぜん》とうな垂れる涙目のロードと、今にも湯気を吹きそうなリリアンを気の毒そうに一瞥し、迫力のあるいじめっ子達を軽く睨む。

「とにかく、リリアンもロードもよくやってくれました。こっちの二人のことは気にしないでください。三四郎は自分のことを誉めてくれないのに拗《す》ねてるだけだし、サンドラは作戦に混ざれなかったことを悔しがっているだけですから」

「ちっげーよ！」

「あら、バレちゃった？」

牙を剝く三四郎と肩を竦めるサンドラの声を聞き流して、凱がカイを見た。

カイは周囲の喧騒をきれいに無視してコンピニータに屈み込んでいる。

「結果を整理しましょう。データに手は届かなかったが大使館内の動きは監視出来るようになり、セキュリティシステムを操作することによって侵入も容易になった。ここまではいいですね」

言葉を切った凱が、確認するように皆を見回す。

「次に中の人間ですが、私達の作戦に顕著な動きを見せたのはレックス大佐と陶宰寧です」

大佐の名前にリリアンが小さく身動《みじろ》ぎ、ロードが拳を握り締める。

「まず大佐です。彼の迅速かつ荒っぽい救出劇は、私達の計画を大きく狂わせました。爆発への対処も的確です。しかし、彼の動きは優秀な軍人の域を出ていない。連邦の意向で動いているとは思えませんね」

「だからって油断出来ねえぞ」

三四郎が投げ出していた脚を引き寄せ、椅子の上で胡坐《あぐら》を組む。

「噂が本当だとしたら、T・レックスはマジでデキる奴なんだよ。あいつが本気で乗り出して来たら、俺達が次の手を打つときに一番厄介な存在になるぜ」

「大佐は爆発の捜査に取り掛かっています」

カイが現在の大使館を映す映像をモニターに出した。大きな会議室に武官と保安員が慌ただしく出入りし、中央の机に大佐が陣取って指示を飛ばしている。

「方向としては私達の意図した通り、視察団内の諍《いさか》いの線で追っています。しかし容疑者全員がシロだと判明したら、彼が次にどう考えるかは読めません」

「とにかく彼の動きは常に監視して、用心を怠らないようにしましょう。さて、問題は陶宰寧です」

凱が説明を求めてカイを見る。

「彼は捜査に関わってはいません。事件以降の彼は、三等書記官そのものです。こまめに動き回って上司の補佐をし、雑事を片付けるだけで目立った動きは一切していません」

不審な動きがないと聞かされても、誰も安心した顔はしない。それだけ用心深いということだし、内通者とのコンタクトは監視カメラのない場所で行なわれている可能性が高いからだ。

「スパイの件はどうなってんだ？　目星くらいついたのか？」

三四郎の言葉にカイが首を振る。

「少しずつ内容を変えて情報を流してみてはいるが、それらしい動きがない。今回の計画を囮《おとり》に使うことも考えたが、それはあまりに危険すぎた」

「この中で危ない橋を渡った経験が一番あるのは三四郎でしょ？　何か気づかないの？」

「あのなあ、俺はただの傭兵なの！　職歴にスパイ探しなんて項目はないの！　そもそもずっと部屋に閉じ込められてんのに、どーやって探せってんだよ!!」

芸の出来ない犬を見るようなサンドラの視線に、三四郎が鼻息も荒く言い返した。

「とにかくこれが現状です。では、これからについて話しましょう」

「プランB……」

顔を上げたロードが、頬を引き攣らせて呟いた。

「私の出番ね」

サンドラが目を輝かせて身を乗り出す。

「正直、気が進まないんだけどね……」

やる気十分のサンドラをちらりと見て、ロードが重いため息をつく。

「これはあくまでバックアップとして考えたものなんだ。差し迫った危機に陥《おちい》って、どうにも身動きがとれなくなった場合の、思い切った手段なんだよ」

今回の作戦を主導したのはカイと凱だったが、ロードはそれが失敗したときに備えて別バージョンの計画も考えていた。バックアッププラン。つまりプランBだ。

「時間的な制約もあるし、見つかる可能性も高い。そもそも、やることそのものも相当危険なんだ」

ロードの計画は、彼の数学とコンピュータの知識、サンドラの軍事作戦立案の経験に三四郎の機動力を加えた、かなり荒っぽいものだった。

最初の行動を起こす前に、既に彼等には大まかなアウトラインが告げてある。だがロードは、最初からこの計画に不安を持っていた。凱とカイの計画が成功することを、誰よりも願っていたのだ。

「げんに身動きがとれなくなってるじゃねえか。それを何うだこうだ言ってんだ？」

気の短い三四郎が、早くも焦れ始める。

「よく考えてくれ。僕には実戦経験がないんだ！　どこでどんな間違いをしているか判らない！」

頷いてくれる相手を探すように、ロードが必死の眼差《まなざ》しで全員の顔を覗き込んだ。

「勝算があるから皆が賛成したのよ。無理だと思えばちゃんと言うわ」

サンドラがロードの肩に手をかけ、安心させるように微笑みかける。

「しかし、これは僕が初めて考えた戦術だよ!?　どこかに穴があるかもしれない！」

「それはこれから検討しろます。少し落ち着いてください」

冷静なカイの言葉も、彼の不安を拭えない。

「だったらもう一度よく考えさせてくれないか!?　今度はもっと安全な方法を……っ!!」

震える拳を握り締め、ロードが思い詰めた声を絞り出す。

「ロード！　いい加減にしろ！」

いつもなら竦んでしまう三四郎の怒声も、今度ばかりはロードの耳には届かない。

白くなるまで拳を握り締めて、ロードが激しく首を振った。

「やっぱり無理だ！　皆を危険に曝すなんて出来ない!!」

「おいおい、ロードさんよ」

ぐっと身を乗り出した三四郎が、ロードの青褪めた顔を見つめてにやりと笑いかけた。

「そんなこと言うと、今まで危険じゃなかったみたいじゃねえか」

笑う三四郎の顔にも気配にも、今にも喚きだしそうだった怒りはきれいに消えている。

「あんたらと一緒に散々ヤバイことしてきただろ？　今更危ないと言われてもね」

ロードが笑う三四郎を見る。肩の力の抜けた、子供っぽいのに物騒な笑み。

「しかし……っ」

それでもまだ動揺を隠せないロードの大きな手を、リリアンが自分の小さな手で包み込んだ。

「パパ、大好きよ。私を助けてくれたときのパパ、最高にカッコ良かったわ」

「そうよ、なんてったって私が選んだオトコですもの」

優しく囁いたサンドラが、硬く強張った肩に豪華な赤毛をもたせかける。

カイがするりと立ち上がった。コンピュータの前の席をロードに譲る。

「あなたはここにいる誰よりも注意深くて慎重な方です。あなたの思慮の深さには、何度も助けられました。今回も私達を助けてくれると信じています」

人々の耳を蕩《とろ》けさせる甘いハスキーヴォイスではなく、抑揚を極端に圧し殺した平板な声——しかしロードにとってはカイの本当の声で告げると、作り物のような唇をふわりと綻ばせた。

凱が大きなため息をつく。

「ベッドに縛りつけられているのが歯痒《はがゆ》くてたまりません。僕もジュール＝ヴェルヌのセカンドクルーとして、一緒に走り回りたいですよ」

「ジュール＝ヴェルヌ……」

低く呟いて、ロードが自分を見つめる人間達をゆっくりと見回した。

「ふふ……、そうだね」

覚悟を決めるように一つ頷くと、ロードがぐっと顎を引く。

立ち上がるとカイが譲られた席に座り、大使館の見取り図を呼び出す。

彼の顔に浮かんでいるのは温厚な教授のそれではなく、穏やかさの中に強い意志を感じさせる戦士の表情だ。

「大まかな全体像は以前話した通りだ。じゃあ、詳細を説明するよ――」

話し始めたロードの声に、もう躊躇いはなかった。

4　ソリテュード

「カイ、少しいいですか」

　作戦会議が終わり、材料調達のために倉庫を漁ると言って三四郎が席を立ち、大きなロードを守るように寄り添うサンドラとリリアンが去った後、ドアへと向かったカイをベッドの凱が呼んだ。

「三四郎のことです」

　振り向いたカイに、笑顔の凱が目で椅子を示す。僅かに躊躇って、カイがゆっくりと戻ってきた。

「差し出がましいようですが、どうしても気になって」

　すみません。口では謝りながらも全く申し訳ないとは思っていない凱の様子に、カイの身体が強張る。

「ロードの計画を聞いた直後です。正直言って、他のことで気持ちを惑わしたくないんですが」

「そんなに緊張しないでください。大したことじゃありませんから」

　身構えるカイに苦笑して、凱が今まで三四郎が座っていた辺りに視線を流した。

　気持ちを言い表わす言葉を探すように少し黙り、顔を上げてカイを見る。

「なんというか……、さっきの三四郎は以前と変わらないように見えました」

　以前。凱の言うことはカイにもすぐ判った。

それはカイが三四郎とのセックスをアントナンを経由して利用する以前。月人《ルナン》の能力《ちから》を使うことで自分の身体を汚さない代わりに月人《ルナン》を貶《おとし》めたと、三四郎が非難する以前のことだ。

たしかに三四郎の身体からは、カイに対してどことなく身を引くような気配は消えている。それは僅かな変化だったが、勘の良い凱はすぐに気づいたようだ。

「何かありましたか？」

カイが無言で首を振る。

「特別な出来事でも？」

もう一度。

「興味本位で聞いているのではありません」

「判っています」

凱が気にしているのは、彼等の関係の変化がこれからの作戦に支障をきたすことだ。それを知っているから、カイはプライヴェートに踏み込まれてもおとなしく座っている。

凱が黙ってカイを見る。しかし、カイには告げる言葉がない。

「――――では、僕の推理を聞いてもらえますか？」

黙り込むカイを見つめていた凱が、胸の上で手を組んだ。

「僕は、三四郎が戦闘モードに入ったのだと考えています」

「戦闘モード？」

カイが眉を寄せる。

「彼は作戦行動に入ると、一種の機械になってしまうのではないでしょうか」

戸惑うカイに、凱が言葉を続けた。

「目標が設定され、自分の役割が決まると、三四郎は全ての能力をそこに注ぎ込むんです」

カイの唇に笑みが浮かんだ。

「私も、彼が切り替わったと感じたことはあります」

弓を引き絞るように一点に向けられた集中力。一瞬でトップギアに入る身体は行動力の塊《かたまり》であり、鋭い嗅覚が次に取るべき動きを嗅ぎ当てる。即断即決。躊躇わない。迷わない。止まらない。

脊髄反射に近い判断力と戦術的動きを司っているのは、おそらく本能だ。考えるのではなく、感じて動く。そのスピード感と猛々しさは、狩りをする肉食獣に近い。

切り替わった三四郎の傍で、目の眩《くら》むような思いをした経験は、今も鮮やかに胸に息づいている。

「そうでしょう。多分、そういう状態の三四郎をあなたは何度も見ているはずだ。ならば僕の言っていることは判るでしょう？　つまり、戦闘モードに入った三四郎の頭の中には、煩《わずら》わしい感情の縺《もつ》れを気にする余地などないんです」

「感情的な齟齬《そご》はこの際棚上げだと？」

「はい」

「私に裏切られたという感情も？　それもなしに？」

「そうです」

「スイッチを捻るように、感情を切り捨てられるものですか？」

「少なくとも、三四郎には出来ると僕は思っています」

たたみかけるカイに、凱は短く答えた。

「そんな……っ」

信じられないと言いかけて、カイが黙り込む。

ドクターの言葉を否定できるか？　三四郎の気配が変わったことに私も気づいたではないか。屈託なく笑う三四郎の中で、私との経緯《いきさつ》がないものになっていないと、本当に言えるか？

「――以前から考えていました。フルスロットルで動きだしたとき、三四郎は一種の思考停止状態に陥るのではないか。これは彼独特の処世術ではないかと」

じっと自分の内側に耳を澄ますカイを見上げて、凱がゆっくりと言葉を続ける。

「これは彼の行動を観察したり、あなた達から聞いたことを基にした推理です。組織の中にあってさえ一匹《いっぴき》狼《おおかみ》を通し、体一つで生きてきた男が、生き抜くために身につけた手段なのではないか。生きるか死ぬかの場面では、誰かとの諍いについて考えるのは無駄だと割り切ってしまうのではないか」

「……それで、一種の機械だと……？」

カイが小さく呟いた。

「そう考えるのが、一番簡単でしょう？」

凱が悪戯っぽく眉を上げる。

「三四郎はあなたに機械になりたがっているとよく怒っていましたが、彼にあなたを責める資格などなかったということです」

ふふ……。小さく声を洩らして、カイが微笑んだ。

「頭蓋骨を開いて脳に電極を差し込み、じっくりと研究してみたいものですね」

「そんな原始的な方法は数世紀前に廃《すた》れました。でも、あなたの言いたいことは判りますよ」

怪我をしている箇所を庇いながら、凱が慎重に肩を竦めた。

「こんな便利な機能が付いているのだから、三四郎のことを心配していません。というか、もともと三四郎のことなどどうでもいいんです。僕が考えているのはあなたのことです」

軽い口調、しかし視線に鋭さを込めて、凱がバイザーの奥の瞳を見つめる。

「三四郎のような特殊な例は別として、人は感情の生き物です。機械ではありません」

「それは……」

当たり前だと言いかけたカイを遮って、凱が言葉を続ける。

「生きているかぎり、感情を切り捨てることは出来ない。それを誰より知っているのは、あなたではありませんか？」

その通りだ。頷く代わりにカイは視線を落とした。

感情など邪魔だ。なくなればいい。感じたくない。消えてしまえ。祈るように願い続けて圧し殺す術《すべ》を学び、ポーカーフェイスの鎧《よろい》を纏って生きてきた自分だからこそ判る。

冷たい無感動を装い、どんなにないふりをしても、心の奥で燃える感情の火は消せはしなかった。

他人を拒み、自分すら拒んで、硬く身を強張らせて抑えつけても、それは内側から沁みだして自分を苦しめた。

悪あがきだったと今なら判る。当然だ。憎むのも苦しむのも感情なのだ。目を背けようとしたもので自分を護ろうとしていたのだから。

未《いま》だに解放しきったとはとても言えない。しかし、楽しむことを楽しむ、喜ぶことを喜ぶことが、生きる推進力になることを知った。

なにより、愛情は燃焼効率の高いエネルギーだ。それはドレイクの生き方を見れば判る。

人は感情の生き物。考えないことは出来ても感じないことは出来ない。プラスの感情もマイナスの感情も全て、ため込んで、吸い取って、放出して人は生きている。

「まずいことに、あなたはエムパスだ。感情感能者であるあなたにとって、感情は普通の人間以上に厄介な存在です」

「私は他人の感情をシャットアウトする訓練を積んでいます」

「それは知っています。しかし、三四郎の感情の振幅はけたはずれだ。彼の喜怒哀楽は常人のメーターを振り切ります。激しく、熱く、鋭い」

「その言葉は先程のお話と矛盾しています」

カイが僅かに口の端を上げた。

「あなたは、今の三四郎が機械だと言った」

「いいえ、矛盾していません。三四郎はオンからオフへ、一瞬で切り替えてしまうと言っているんです。機械のように躊躇いなく、ゼロからマックスへ、マックスからゼロへ」

指先を振り子のように振って、凱が眉を吊り上げた。

「そんな人間の傍らで平常心を保たねばならないエムパスは、相当つらいと思いませんか？」

「………」

「はっきり言いましょう。私が気にしているのはあなたの精神状態です」

凱が医師の目でカイを見た。注がれる視線に、カイが身を硬くする。

「感情面で三四郎に余計な期待をしてはいけません。あの男は傭兵だ。それを絶対忘れてはいけない」

不透過のバイザーを覗き込んで、凱が低く告げた。

「たしかに彼は命懸けであなたを助けた。自分の命より、計画を遂行させることを選んだ。しかしそれは、そのほうが味方に、ひいては自分に有利だと感じたからです。コンピュータが演算をし、確率を比較して一番被害の少ない方法をはじき出すように、勝算を計算しているんです」

文字通り血を分けた兄を機械だと言い切って、凱は淡々と話し続ける。

「そこに感情の入り込む余地はありません。自分の生死すら選択肢の一つでしかない。あなたのバディは、そういう男なんです」

言葉を切った凱が、カイの中に自分の言葉が染み込むのを待つ。

「……ドクターが三四郎をどう思っているか判りました」

長い沈黙の後、カイがゆっくりと言った。

「作戦行動に入った三四郎は機械のように感情を切り替える。全てにおいて、作戦遂行が優先される」

「本人にとっては非常に便利だ。しかし、側にいる人間は戸惑います」

「私との距離感が変わったのも、そのほうが都合がいいから。効率よく動けるから」

「そう思ったほうが、あなたが受けるダメージは少ないはずです」

短いやりとりに頷いて、カイが凱を見た。

「――――で、私にどうしろと？」

「そういう男だということを忘れないことです」

「彼が傭兵だということ、ですか？」

傭兵という言葉に様々な意味を込めてカイが聞く。

「そうです」

頷いた凱が、胸の上で組んだ手に力を込めた。

「正直言って、僕にも解答はありません。しかし、無駄に気持ちを掻き乱さないためにも、知っていることが重要です」

「知っているだけでいいんですか？」

薄く笑みを浮かべるカイに、簡単なことではないと首を振る。

「ただ知るだけでは不充分です。心と身体に叩き込んで、そして覚悟を決めるんです」

「覚悟？」

出来の悪いジョークに付き合うように苦笑して、カイが肩を竦めた。

「私のバディは機械で、私にとっては良好に作動している。三四郎がそういう状態であれば、私のほうは問題ありません」

むしろ好都合だとカイが笑う。その微笑みをじっと見つめていた凱が、大きく息を吐き出した。

「その言葉を、僕が信じると思いますか？」

「それは……っ」

「三四郎に引きずられてはいけません」

否定の言葉を口にしかけたカイを遮って、凱がきっぱりと言い切る。

「今の三四郎は、あなたにとって楽な相手でしょう。だが、そこに彼の感情はない。三四郎の回路が切り替わって人間に戻ったとき、その反動が必ず来る。それを今から覚悟していてください」

「………」

何か言わなければと思い、しかし何も言えずに身を強張らせるカイと、自分の言葉が彼の中に起こした漣《さざなみ》を痛ましそうに見つめる凱の沈黙を、軽やかなノックが破った。

「はい」

重い沈黙が断ち切られるのを喜ぶように、カイが声を上げる。

「よろしいでしょうか」

ドアが開き、アントナンが童顔を覗かせた。

「お話がお済みでしたら、少し確認していただきたいことが……」

張り詰めた空気に驚いたのだろう。元気良く入ってきたアントナンが思わず立ち竦む。

明るいブルーの瞳がカイと凱を交互に見つめ、彼等以外の姿がないことに軽く目を見張った。

それから周囲を見回してモニターに映し出された大使館の見取り図を覗き込み、テーブルの上に散らばるメモを一瞥する。

「あの……お邪魔でしたか……？」

「いえ、話は終わりました。ではドクター、失礼します」

アントナンに頷き、凱が何か言う隙を与えずに立ち上がる。逃げるように歩き始めたカイを、凱はしいて引き止めようとはしなかった。

「忘れないでください。覚悟です」

歩き始めた背中に声をかける。

「考えてみます」

振り向かずに答えたカイがドアの向こうに消えた。

二人の様子に興味津々のアントナンが、探るように凱を見ながら後に続く。

静かに閉まったドアを見つめていた凱は重いため息をつき、不自由な腕を上げて皺《しわ》の刻まれた眉間をゆっくりと揉《も》んだ。

部屋から出て、カイはほっと息を吐いた。

容姿もふとした仕草も、そして漂わせているオーラも三四郎とよく似た凱から少しでも離れたくて、自然と足が速まる。

「計画は順調ですか？」

足早に執務室へと向かうカイに小走りで追いついたアントナンがおずおずと覗き込んだ。

先程の張り詰めた空気を気にしているのだろう。興味はあるが聞いてもいいのだろうかと、その表情が言っている。

「多少の障害はありますが、それも想定の範囲内です」

整った横顔を微塵も動かさずに答えたカイに、アントナンの感情が流れ込んでくる。

何か気になることがあるらしいが、基本的に明るい彼の感情は、ロードの計画の困難さと凱との会話でささくれた気分を和らげてくれた。

しかし、丁寧だが内容を一切明かさないカイの言葉にアントナンが俯《うつむ》いた。

「……今回も、僕には何も教えてくださらないんですね……」

前回の作戦も今回の作戦も、凱とカイ、ロードとサンドラと三四郎、そしてリリアンだけで行ない、内容は誰にも洩らさなかった。

アントナンは作戦決行の日時だけを教えられ、カイの代行を務めることで、彼が抜けた穴を埋める役割を与えられただけだ。

「月人《ルナン》のための戦いなのに、僕は何も出来ないんでしょうか」

「そんなことはありません」

仲間外れに悄気《しょげ》るアントナンに、カイが微笑みながら首を振る。

「作戦にかまけて日常業務を疎《おろそ》かにすることは出来ません。私に代わって仕事を行なう人間が、どうしても必要なんです。それをそつなくこなすことで、充分役に立ってくれています」

「でも、カイ様は何も教えてくださらない！」

感謝しています。うっすらと口元を綻ばせたカイに、アントナンが子供のように髪を振った。

「誰がどう動いているのか、何をしているのか、僕はまるで知りません！　三四郎様の補佐の任も解かれたし、大使館へ向かうカイ様に同行させてももらえない！　……まさか――っ」

思い詰めた顔で訴えていたアントナンが目を見張った。

「――僕は、疑われているんですか……？」

「そんなことはありません」

青褪めた顔で、不安そうに見つめるアントナンに、カイが安心させるように微笑みかける。

「三四郎の補佐を外れてもらったのは、彼のお守りより私の代行としての仕事に専念して欲しかったからですし、大使館に連れていかないのも同じ理由です」

「でも……」

「何も知らされないのは不服ですか？」

「いえ！　そんなことは……っ!!」

口では否定しながらも、表情豊かな青い瞳と伝わってくる彼の感情が、その通りだと訴えている。

「あなたのためです」

「僕の……？」

きょとんと見上げるアントナンの幼い表情に苦笑して、カイが頷く。

「これは一種の反乱です。万が一ことが露見した場合、下される刑は重罪です。計画したのも実行したのも私達だけで、あなたは何も知らなかった。嘘偽りなくそう証言してもらうためには、あなたは蚊帳《かや》の外にいるべきなんです」

言葉だけでは足りないと思ったカイが、彼のほうにそっと手を差し出した。カイの意図を察して、アントナンが長い指をそっと摑む。

アントナンが流れ込む感情を味わうように目を閉じた。

「良かった……っ」

しばしの沈黙の後、大きく息を吐いたアントナンがくしゃりと顔を綻ばせた。

「ずっと不安だったんです。ひょっとしたら疑われてるんじゃないかって」

疑ったことはある。カイは胸の奥でひっそりと頷いた。アントナンは彼等の計画を知る数少ない人間の一人であり、カイの動向を的確に掴むことが出来るからだ。

しかしその疑いはすぐに晴れた。今とは逆に、彼が発散している感情を探ることで、彼が嘘をついていないのを確かめたからだ。

「これで誤解は解けましたね」

自分の能力を嘘発見器として利用したことなどおくびにも出さずにカイが微笑んだ。

「はい！　余計な気を回してすみませんでした」

ぴょこんと頭を下げたアントナンが照れ臭そうに笑い返す。

子供っぽい仕草、可愛らしい童顔。しかし、彼は優れた頭脳と度胸を持つ優秀な人材だ。

「あなたを信頼しています。そうでなければ、私の代理を任せたりしません」

「ありがとうございます」

頬を上気させたアントナンが足取りも軽くカイを追い越し、執務室へと向かう。

弾むような後ろ姿に苦笑を零し、彼の後へ続こうとしたカイのポケットから小さくベルの音が。

表示された発信者の名はアドミラル・ドレイク。

「急用ですか？」

発信音に気づいたアントナンが振り返った。

「アドミラル・ドレイクからの呼び出しです」

「あ……、では確認は後回しに――」

アントナンの言葉を既にカイは聞いていなかった。

ドレイクからの呼び出しは全てに優先する。多忙な自分を気遣って、滅多に連絡をよこさない彼からの要請なら特に。

アントナンに背を向け、身を翻したカイは、急ぎ足で彼のもとへと向かった。


「やあ、来たね」

部屋を訪れたカイにドレイクが微笑んだ。

バイザーを取ってポケットにしまうカイを嬉しそうに見上げる。

「忙しいのにすまない」

「いいえ。むしろもっと呼び出してほしいくらいです」

本物の暖炉の前に安楽椅子を置き、ゆったりと座ったドレイクに微笑み返す。

どれ、コーヒーでも。嬉しそうに呟いて、いそいそと立ち上がろうとしたドレイクを目で制して、カイは使い込まれたコーヒーメーカーの前に立った。

豆を計ってミルで挽き、陶製のメリタに注ぎ入れてゆっくりとお湯を回しかける。

ドレイクのために数えきれないほど繰り返してきた仕草は手慣れていながらも優雅で、どこか神事を行なう巫女の舞を思わせた。

自分のためにコーヒーを作るカイを、ドレイクが目を細めて見つめている。

「ありがとう」

差し出されたカップを受け取って、ドレイクが座るように促した。

「少し薄めに作ってあります」

一口飲んで僅かに顔を顰めたドレイクを、定位置の硬い椅子に座ったカイが軽く睨んだ。

「昨夜よりコーヒーが随分減っていました。カフェインの取り過ぎですよ」

「不粋な言い方をするなあ」

首を竦めてドレイクが苦笑する。

「僕は『カフェインを摂取』してるんじゃなくて、『コーヒーを味わって』いるんだよ」

「どんな言い方をしても、カフェインはカフェインです」

「……最近のきみは、少し意地悪だよ」

「我《わ》が侭《まま》な病人には、このくらいで充分です」

「はは……、手厳しいなあ」

カイに叱られるのが嬉しくてたまらないように笑って、ドレイクがゆっくりとコーヒーに口をつける。それきり黙り込んだドレイクに、カイも何も言わない。

呼ばれた理由を問い質《とただ》すことはせず、ドレイクが口を開くのを待って、カイは彼が作り出す空気にゆったりと身を浸《ひた》した。

こんな風に呼ばれることは滅多になかったが、ドレイクが目覚めている限りカイはこの部屋に毎日顔を出していた。

報告をすることもあるし、書類を検討することもある。問われればジュール＝ヴェルヌでの出来事も話すし、彼の語るとりとめのない思い出話に耳を傾けているだけのときもある。

しかし大体はドレイクが一番ドレイクらしい部屋で、彼の醸し出す空気と穏やかな感情をただ楽しんでいることが多い。

ここが一番落ち着く。カイはロード達の計画とその後に続いた凱との会話で硬く強張っていた緊張が解《ほぐ》れてゆくのを感じていた。

「使節団の中に、サイラスという男がいるね」

ドレイクがカップを置いてカイを見た。

「あ……、はい。サイラス・カッツェンバーグ。評議委員の一人ですね」

「彼は、次の選挙で評議委員長になるよ」

「え……？」

カイが目を見開いた。そんな情報は、どこからも入っていない。

「まだ内定以前の段階だから、知らなくて当然だよ。そんなに驚かなくてもいい」

悪戯っぽく笑って膝にかけたブランケットを直す。

「彼は昔からの友人で、今日会って少し話をしたんだ。いい男だよ。彼が月のために一肌脱いでくれる。これを早く報《しら》せたくてきみを呼んだんだ」

「……会った……んですか……？」

カイが茫然と問い返した。彼の病状の進行を遅らせるために細心の注意を払ってケアを行ない、安静を心がけている身としては、自分の身体のことだけ考えていてくれと言いたいところだが、一人でも多く味方が欲しい現在の状況ではそうも言っていられない。

それも評議委員長？　最強の駒だ！　ドレイクのコネと人望は、連邦の中枢まで届いているのか。

「評議委員は十二名。地球からの独立を承認させるためには三分の二の賛成が必要になる。今まできみ達が獲得したのは三人だったね。彼が動かせる人間は二人だ。彼を入れてこれで六人。あと必要なのは二人だ」

「…………………」

カイは動かない。カレイドスコープアイを限界まで見開いて、まじまじとドレイクを見つめている。

「怒ったのかい……？」

無言のカイを、ドレイクが上目遣いに見た。

「勝手なことをしてすまなかったね」

「――いえ、怒ったのではなく驚いているんです」

詰めていた息を吐いて、カイがゆっくりと首を振った。

「私達が何年も動いてやっと三名、それをあなたは少し話をしただけで、委員長に加えて二名を確保してしまった。やはり、あなたにはかないませんね」

「別に僕がきみ達より優秀なわけじゃない。彼とはたまたま友人だっただけだし、長くこの地位にいれば、コネも増えるし人脈も広がるものさ。年季の差だよ」

自嘲を零すカイに眉を寄せ、ドレイクが痩《や》せた身体を起こした。

「連邦は僕達の敵じゃない。それを忘れないで欲しいんだ。政府の中にもサイラスのように気概のある人間もいる。自分の利権だけでなく、他人の幸せのことも考えてくれる人間もいるんだよ」

「それは判っているつもりですが……」

大きな安楽椅子に沈み込むように座るドレイクを見つめ、カイが苦い笑みを浮かべた。

「あなたなら、もっと別なやり方を考えるのでしょうね。じっくり腰を据えて外堀を埋め、いつのまにか話が自分の望む方向に進んでいるような、穏当で確実な方法を……。どうやら私は、少し焦っているのかもしれません」

「――……」

カイの口調にドレイクの眉が寄った。何か言おうと口を開き、結局何も言わずに唇を引き締める。

無意識の仕草でカップを持ち上げ、空なのに気づいてコーヒーポットに手を伸ばした。

「駄目ですよ」

ドレイクが手を触れるより早く、カイがポットを自分に引き寄せる。

「今日の分は終わりです」

「もう一杯くらいいいじゃないか」

「これから眠るあなたに、覚醒作用は逆効果になります」

「まだ早いよ！　いつもならもっと……っ」

目を見張ったドレイクに、カイは優しく、しかし断固として顎を引く。

「本来なら安静にしている時間にミスター・サイラスとお話しになったんでしょう？　それをこれから取り戻します」

ドレイクの生活は厳格に定められていた。投薬と安静は彼の時間を引き伸ばすためには必要不可欠で、身体にかかる負担をぎりぎりまで減らすために、分単位でスケジュールが決められているのだ。

「せっかく頑張ったのに……」

「私達の仕事を大幅に削減してくださったことには感謝しています。しかし、それとこれとは別です」

「もっときみと話していたいんだよ」

「ベッドに行きましょう。そこで話します」

駄々をこねるドレイクに、カイが立ち上がる。腕を組み、絶対に引かないことを態度で示すカイに、大きなため息をついたドレイクが安楽椅子から腰を浮かせた。

「……っと」

「危ない！」

一歩踏み出そうとしてふらりとよろけたドレイクに、カイが素早く手を差し伸べる。

「大丈夫。一人で歩けないほど衰えちゃいないよ」

カイの手が自分に触れる寸前、ドレイクが態勢を立て直した。伸ばされた手を避けて、ゆっくりと歩きだす。

「厳しいかと思うと甘やかそうとする。きみはよく判らないねえ」

いつでも支えられるように一歩後ろを歩くカイに、痩せた背中がおかしそうに震えた。

彼の手を借りずにベッドにたどり着いたドレイクが、身を横たえる。

カイは備え付けてあるメディカルコンピュータに向き直って、手早く操作した。バイタルデータを確認しながら点滴を繋ぎ、メモリを調整して薬剤を注入する。

ふう。目を閉じたドレイクが、静かに息を吐き出した。

「身体が暖まってきた……」

「きつくないですか？」

「ちょうどいいよ。でも、これをやるとすぐに眠くなってしまうからなあ……」

早くも薬の効果が現れたらしい。ぼやけた声で言うと、ドレイクが目を開いた。今にも閉じそうな瞼《まぶた》を精一杯開いてカイを見上げる。

「きみと話がしたいのに……」

「しているじゃありませんか」

「そうじゃない。もっと頭がはっきりした状態で話したかったんだ」

駄々をこねるように呟いてカイを見る。なんとか睨もうとするのだが、その虚勢も自分を見つめるカレイドスコープアイに容易《たやす》く微笑みに変わった。

唇に笑みを浮かべて、ドレイクがじっとカイを見る。その間にも薬剤は確実に彼の意識を薄れさせてゆく。それに抵抗するように何度か大きく瞬いて、尚もカイを見つめようとしたドレイクが、重たくなる一方の瞼との戦いに敗れてついに目を閉じた。

目を閉じると、彼の衰えがはっきりと浮き彫りになった。その変化は彼に残された時間を形にして、残酷なくらいくっきりと彼の顔に刻み込んでいる。

ドレイクの手が、シーツの上をゆっくりと動いた。自分を捜す指を、カイが優しく包み込む。

「きみの手は、いつも暖かいねえ……」

触れる人肌に安心したようにほっと息を吐いて、ドレイクが微笑みながら呟いた。

「体温が高いんです」

静かな声で囁いて、ドレイクを覗き込む。甘く掠れるハスキーヴォイスにうっとりと頷いて、ドレイクが細い指を握った手に力を込めた。

「……僕はね、心配なんだ。…………怖いんだよ……」

「何が……？」

今にも眠り込みそうなドレイクを見つめて、カイが首を傾げる。

「きみがさっき言った言葉……、焦っている、と……」

それが、こわい。唇だけで呟いて、ドレイクがゆっくりと頭を振った。

「きみは急いでいる。焦っている。一刻も早く結果を出そうとしている。それは——……」

言葉を切ったドレイクが、つらそうに眉を寄せた。

「……それは僕のため、——いや、僕のせい……だろう……？」

眠り込む寸前の間延びしたした口調。自分が何を言っているのか判っているかも怪しい。しかしその声に含まれているのは紛れもない苦悩だ。

「いいえ。私自身のためです」

小さく呟かれたドレイクの言葉を、カイが強い口調で否定した。

「月の未来は私の未来です。それを実行するのは月人《ルナン》である私の仕事です」

話しながらバイタルデータの意識レベルを確認する。表示によれば、彼の意識は殆ど眠りに溶け込んでいる。目覚めたとき、ドレイクがこの会話を覚えていないのは確実だ。

だからこれは、先ほど彼が言いかけて呑み込んだ言葉の続きだ。薬の所為《せい》で抑制が外れ、彼の内心が漏れだしているのだ。

「あなたに急かされたことは一度もありません」

目覚めていれば絶対に言わなかった懸念を口にするドレイクに、カイはゆっくりと、しかし力を込めて告げた。

「本来のカイならば、もっと慎重に事を運んだだろう。昔の仲間を集めて、彼等や自分を危険にさらすようなやり方ではなく、穏当で確実な方法を見つけたはずなんだ――……」

カイと会話しているという意識は既にないのか、ドレイクは彼の言葉に反応せずにぼんやりした声で呟き続ける。

「……カイならば出来る。それを疑ったことはない。ただ……時間が……僕の時間、が………」

言葉が口の中に消えて、かくりと頭が枕に埋まった。しかしドレイクの骨張った指は、カイの手を握り締めて離さない。

「……カイを焦らせているのも急がせているのも僕だ……。……僕の存在が、カイやカイの大事な友人達を危険に曝しているんだ――……」

「違います！」

「……本当に、これで良かったのかと何度も思った……、今も……考えている………」

カイの声はもうドレイクには届かない。言葉を口にしていることすら意識していないのだろう。ドレイクは僅かに眉を寄せ、苦しげな息を吐いた。

独り言、自分自身に向けて呟かれる言葉。カイには笑顔を向け、心配なんかしていないと言い続けて、一人になったときにそっと胸に落とす苦い独白。

「……だが、僕は後悔してはいけない。――そんな資格はないんだ。全て……、僕が望んだことだから……。僕の望みに、カイを巻き込んだのだから…………」

ドレイクの単調な声が、胸に秘め続けた苦悩と焦燥を言葉にする。

「……どんなに足掻《あが》いても、僕の時間はもうすぐ尽きる。……今更死を怖れはしない。僕が怖れているのは……、後悔しているのは……、僕の死に……カイを巻き込むこと…………」

「違う!!」

髪を乱し、カイは子供のように首を振った。その叫びに、閉じられていた目がほんの僅か開いた。

「カイ……、カイ、愛しているよ…………。僕の全てをかけて――……」

焦点の合わないディープグリーンの瞳が見開かれたカレイドスコープアイを見上げて、うっとりと微笑む。

「……僕はもう、これで充分なんだ。この目で見なくても、きみが目的を果たすのが判る……。きみなら絶対やり遂げる。……信……じているん、だ……」

まるでその場面を見ているかのように、ドレイクは吸い込んだ息を楽しみながら吐き出した。息を吐ききった途端、浮かんでいた微笑が消えて眉が寄せられる。次に吐き出された息は、苦いため息だった。

「――だから、僕のことより自分のことを考えて欲しい。きみ……や、きみの大事な仲間に無茶を

させないで欲……しい…………」

おそらくドレイクは、カイの幻に話しかけている。彼の胸の中に住む愛《いと》しい息子に、自分のことは忘れてくれと頼んでいる。

緩慢に瞬《またた》いていた目が閉じられ、握り締めていた手から力が抜けた。

「――僕にとって、月とここに住む人達は命より大事だ。……だが、きみのことはもっと大切なんだ。僕の存在がきみを焦らせるくらいなら、いっそ今すぐ消えてしまいたい…………」

「そんな……っ、ドレイク！」

「何……度、も、考えた。投薬量を増……やそうか、コンピュータ……の、スイッチを切ってもい……い。ど……ちらも、僕の身体は耐えられない。お……そらく、眠ったまま……僕は…………」

苦しげに顔を歪めて、ドレイクは自分の中のカイに話しかけ続ける。

「…………こ、のまま……目覚めなければ…………い……、い、の……に…………」

「ドレイク!!」

カイの叫びは、ドレイクに届かない。

シーツにぱたりと手を落とし、口元にうっすらと笑みを浮かべて、ドレイクは静かな寝息をたて始めた。

鉛のように重い身体を引きずって、カイは長い廊下をよろめき進んだ。足元が頼りない。膝に力が入らない。

何かで支えていないと倒れそうで、腕を伸ばして壁に手をつく。それでも足りなくて、カイは壁の漆喰《しっくい》に爪を食い込ませた。

歩け。自分に命令する。

大丈夫、誰も私を見ていない。角を曲がればあと少し。なんとか部屋までたどり着くんだ。

無人の廊下は薄暗い。聞こえるのは自分の荒い息遣いだけ。

今にも座り込みそうな身体を叱咤しながら数歩進む。角を曲がり、壁に肩を擦りつけてさらに数歩進んで、古風な真鍮《しんちゅう》のドアノブに縋《すが》りついた。

身体が熱い。いや、寒い。頭が痛い。耳鳴りがする。私は震えているのか？　それとも硬く強張っている？

滅茶苦茶な信号を送ってくる身体はあてにならない。真綿が詰まったような脳はもっと…………、

「……っ」

歩けと命ずる声ともう無理だと囁く声の両方に足を縺《もつ》れさせて、カイはふらりとよろけた。傾いだ身体を支えることが出来ずにずるずると沈み込む。

立ち上がろうと何度かもがき、どうにか身体を起こした途端に膝が笑って、華奢な身体が崩れ落ち

た。最後まで縋りついていた指が力を失い、白い漆喰に微かな爪痕を刻んではたりと落ちる。

きつく食い縛っていた唇から吐息と共に気力が吐き出されると、カイにはもう、立ち上がる力は残っていなかった。

動くことを諦めて壁に寄りかかる。床の冷たさと耳鳴りで辛うじて意識を保っている状態で、カイは遠近感のおかしくなった視界で長い廊下をぼんやりと見つめた。

と————。

「カイ……？」

遠くで声が。

「カイ」

呼ぶ声と同時に風が動いて、誰かが彼の前に立った。

「どうした？」

乱れた髪の間からぼんやり見上げるカイの視界に、覗き込む漆黒の瞳、肩に流れる長い髪。

「さん……し、ろ…………？」

「ああ、俺だ。こんな所に座り込んで、具合でも悪い————っ」

唐突に言葉を切って、三四郎がさっと顔を上げた。閉まったドアを鋭く睨む。

「ふふ……、違う」

彼が何を考えたか悟って、カイが苦く笑った。

真夜中のプライヴェートエリア。静まりかえった長い廊下。へたり込む人影。以前、三四郎がアントナンを見つけたシチュエーションにあまりにも似ている。

「誰もいない、ここにいるのは……」

私とおまえ、そしてアドミラル・ドレイク。

「――――らしいな」

周囲の気配に耳を澄ましていた三四郎が小さく頷いた。俯くカイに手を差し出す。

「ほら」

伸ばされた手を見もせずに、カイが小さく首を振った。

「立てないのか？　なら――――」

身を屈めた三四郎が、カイを助け起こそうと肩に手をかける。触れた手を振り払ったカイが、彼から遠ざかろうと身を引いた。

「なん……っ!!」

自分を拒むカイに一瞬声を荒げかけた三四郎が、壁に身体を預け、ぐったりと項垂《うなだ》れる姿に怒声を呑み込んだ。

薄暗い廊下に座り込むカイは、まるで壊れた人形のようだった。投げ出された身体は関節が弛《ゆる》み、全ての筋肉が弛緩《しかん》して、どこにも力が入っていない。艶のある青灰色の髪は乱れ、縺《もつ》れて表情を隠している。薄く開いた唇に色はなく、なめらかな肌は白く乾いてそそけ立っていた。

ふう。ため息をついた三四郎が、カイの側に屈み込んだ。

「……酔ってるわけじゃ、なさそうだな」

暗がりをものともしない目がカイを覗き込み、嫌がるのを構わず額に手を当てる。

「熱もないし、もちろんラリってもいない。ま、アルコールもドラッグも、あんたをクタバらせることは出来ねえけどな」

軽く付け足して、自分を見ようとしないカイに眉を寄せた。

「だとすると何だ？　何があった？」

呟きながら顔を上げ、俯くカイの向こう、薄暗い廊下の先に視線を向けた。

「――ドレイク、か……？」

カイは動かない。

「オヤジさん、ヤバイのか？」

無反応。

「おい！」

焦れた三四郎がカイの肩を摑んだ。

「…………なんで……」

荒っぽい動きにふらりと頭を揺らし、それでも顔を上げないままカイが小さく呟いた。

「――なんで、おまえがここにいる…………？」

同じプライヴェートエリアとはいえ、三四郎の部屋は遠く離れており、あのこと――カイがアントナンを使って彼とのセックスを利用したこと――があってから、三四郎は一度もこの辺りには足を踏み入れなかったのだ。

「倉庫だ。材料調達に……」

肩越しに視線を流す三四郎の足元に、太いケーブルがひと巻きと、円盤状の金属の部品が転がっていた。

「ロードの、計画……？」

「そうだ」

「……アーク…フラッシュ……？」

「ああ」

アークフラッシュ。囁くような声でもう一度繰り返したカイが膝を引き寄せた。身体に腕を巻きつけ、自分を守るように小さく縮こまる。

「――とにかく、いつまでもここにヘタリ込んでる訳にはいかないだろ」

あきらかに様子のおかしいカイに、三四郎が眉を寄せて身体を起こした。

「続きは部屋だ。ケツを冷やすとお肌が荒れるぜ」

軽い口調で言ってカイの腕を掴む。

「ほら、行くぞ」

「……放っておいてくれ」

首を振ったカイが弱々しく抗《あらが》う。

「ンなワケいくか。さっさと立て」

駄々っ子に言い聞かせるように返して、三四郎が摑んだ腕を引いた。たいして力を込めていないのに、カイの身体が浮き上がる。

不安定に揺れる身体を支えようと、三四郎が彼の腰に手を回した。

「やめろ……っ！」

無造作に触れてきた三四郎を、カイが突き飛ばした。精一杯の力で腕を突っ張ったのに、押された三四郎は微動だにせず、代わりにカイの身体が吹き飛んだ。

背中から壁にぶつかり、そのままずるずると元の位置へ。

「大丈夫か？」

怒りだすかと思った三四郎が、彼の前で片膝をついた。

「あんた、顔が真っ青だ。俺に触られるのが嫌ならアントナンを呼ぶぜ」

「ふ……、ふふふ……」

喉を震わせて、カイが息だけで笑う。

「どうした？」

「……今のおまえは……機械……なのか……？」

「はあ？」

辛うじて聞こえた呟きに、三四郎の目が見開かれる。

「……摩擦係数を上げないための……これは、潤滑油のつもり、なのか……？」

「なにワケわかんねーこと言ってんだよ!!」

三四郎がついに癇癪《かんしゃく》を起こした。

「ふふ……」

聞き慣れた怒声に、カイの唇が綻んだ。優しく気遣われるよりこのほうがずっといい。

そしてこうも考える。これも『日常』を演出するためのスクリプトか？

「少し……気分が悪いだけだ。明日には治る」

声が震えないように喉に力を込めて呟く。

「私は大丈夫だ。だから、おまえは余計なことに煩《わずら》わされずに、効率良く機能することだけを考えてくれ」

「…………」

乾いた声で呟くカイを、三四郎が黙って見おろした。力なく壁に寄りかかり、ぐったりと俯いたまま、カイは顔を上げようとしない。

「——あんた、ホントに変だな」

「ちょっとした作動不良だ」

「作動不良ねえ。まるで出来の悪い機械みたいな言い方じゃねえか」

気に入らないと三四郎が唸る。

「あんたは機械じゃねえし、機械は傷つかないんだよ」

「ふふ……」

機械じゃない。皮肉な言葉に、カイは苦笑を返すしかない。

いっぽう三四郎は、力なく壁に身体を預けるカイを見おろしている。弱みを見せることを極端に嫌うカイをここまで動揺させるもの。立つことも出来ないくらい打ちのめすもの。

三四郎が再度廊下の向こうに目を遣った。

「――オヤジさん、そんなに悪いのか？」

「眠っている」

「それ、答えになってねえぞ」

不服そうに呟いて、長い髪をかき上げる。

無理に彼を立たせようとはせず、さりとて歩み去ろうともしないで、三四郎はカイと並んで壁に寄りかかった。彼に付き合うつもりか、腕を組み、壁に背中を預けて立っている。

「部屋に戻れ」

俯くカイが、埃《ほこり》が白く浮いたブーツに呟く。

「どこにいようと俺の勝手だろ」

「放っておいてくれ……っ」

「あんたが立ったら俺も帰るよ」

「たのむ……から……っ………」

ひどく擦れた哀願にも、三四郎は動かない。がっくりと項垂れる髪をちらりと見て、視線を向かいの壁に据えた。

「――なんか、えらくショックなことがあったみたいだな」

古いが手入れの行き届いた漆喰に向かって話しかける。

「俺のことは気にするな。それで気が済むなら、好きなだけここにいればいい」

カイを見ずに言って、三四郎が肩を竦めた。

「……どうして……っ………」

「なに？」

思わず零してしまった微かな呟き。

どうして放っておいてくれない。どうして誰にも見られたくないときに私を見つける。

――どうして、こんな時に限っておまえは優しい。

喉元まで込み上げた言葉を無理矢理呑み込んで、カイは唇を噛んだ。

「無理に口を割らせる気はねえよ。話す気があれば聞くし、話したくなけりゃ聞かねえから」

軽く返した三四郎は、相変わらず視線を白い壁に据えている。

聞かないと言った言葉通り、三四郎はそれきり口を閉ざした。

壁に背中を預け、緩く腕を組んで、人気のない廊下にぼんやりと視線を流している。

ゆったりと構え、足元に蹲《うずくま》るカイを見もせずに、三四郎はただカイの側にいた。

一人は座り込み、一人は壁にもたれかかった二人の姿は、薄暗い廊下で一際濃いシルエットになって、別々に黙り込んでいる。

いつもは喧《やかま》しい男の沈黙は、不思議なくらいカイのささくれた神経に障《さわ》らない。肺活量のある三四郎の深く規則正しい呼吸音はカイの耳鳴りを鎮め、真綿で締めつけられるような鈍い頭痛を少しずつ解していった。

細い息を一つ吐いて、カイはゆっくりと顔を上げた。揺れているような視線を正面の壁に向ける。

「…………人は、死んだらどうなる……？」

「決まってるだろ、死体になるんだ」

「ふふ……、ならば、その人の気持ちはどこに行く？」

一瞬の躊躇《ちゅうちょ》もない即答に苦く笑って、カイはさらに問いかける。

「どこって……まあ、あっちこっちに……」

この手の会話の苦手な三四郎がもごもごと口籠もった。カイは白い漆喰に向かって話し続ける。

「身体は消えても意志は残る。それが誰かの胸にある限り、彼の意志は生き続ける。身体はなくとも彼はそこにいる。——違うか……？」

「違うかって言われても……」

さらに抽象的になった問いかけに、三四郎は上手く答えられない。言葉を詰まらせて、三四郎が困り顔で顎を掻いた。

「意志は願いだ。願いは祈りだ。彼の残した祈りに、私は答えなければならない」

「おい」

なんとか理解しようと彼なりに努力していた三四郎が顎を掻く手を止めた。壁に据えていた視線をきつくして、俯くカイを見る。

「俺、前に生きてる人間を思い出にするなと言ったよな」

「思い出になどしていない。彼の意志の話だ。そして、私はドレイクの望みをかなえたい。彼の願いを形にしたい」

「んなこたぁ判ってるよ！　だから俺達はこんなに苦労してんだろ!!」

「ドレイクは後悔している」

「はぁ!?」

禅問答のようなやりとりに、いい加減苛立ちを募らせていた三四郎が語尾を跳ね上げた。目を見開いてカイを見る。

「私を……おまえ達を、自分の望みに引き込んだことを、彼は後悔していると言った」

「なんだよそれ！　今更おせーよ!!」

「そう、もう遅い。ここまで来たら、もう後戻りは出来ない」

「くだらねーこと言ってんじゃねえ!!」

三四郎が吠《ほ》えた。

「作戦ってのは生き物だ！　立ち止まったところで作戦は死ぬ！　成功しようが失敗しようが、どっかに行き着くまで動き続けるんだよ！」

三四郎の考え方は明快だ。崇高な大義だろうと打算の産物だろうと作戦は作戦であり、一度身を投じたら、感情などに左右されない。気弱な言葉に耳など貸さない。

そこにあるのは、歯車であることに慣れた男の単純な強さだ。

「そんなことは判っている!!」

カイが髪を乱して叫んだ。普段であれば畏敬の念すら覚える、三四郎の経験に裏打ちされた強靭《きょうじん》さも、今の彼には苦々しい。

「事態は動きだしている！　もう止められない！　そんなことは私もドレイクも判っているんだ!!」

「ならどうしてそん――っ」

「だから、ドレイクは何も言わない！」

三四郎の怒声を遮ってカイが叫ぶ。

「私が聞いたのは彼の独り言だ！　絶対に口に出さない内心の苦しみだ！　ドレイクは私には何も言わず、優しく微笑みながら、独りで自分を責めているんだ!!」

「ひとり……、ごと……？」

三四郎には意味が判らない。眉を寄せる三四郎を睨んでいたカイが、力を使いきって項垂れる。

「……薬のせいだ……。ドレイクの意識は混濁していた。私が傍にいるのが判らなかった。彼は苦悩と後悔を、自分に向かって吐き出したんだ………」

ようやく三四郎も理解した。

「薬で意識が薄れてる状態で、思わず本音を洩らしちまったってことか？」

「……そうだ」

疲れきったカイが頷く。

「意識がなかったってことは、つまり寝言だろ？　だったら聞かなかったことにすりゃあいい」

拍子抜けしたのか、三四郎の口調はなんだそんなことかと言わんばかりだ。

「ふふ……、そんなに簡単に忘れられる言葉ではない」

「それでも忘れてやるのが武士の情けってモンだろ？　第一、寝言なんかに責任持てねえ——なに？」

それは微かな呟きというより、息が漏れただけのよう聞こえた。三四郎がカイを見る。

「…………消えたいと、ドレイクは言った……」

ドレイクが息だけで囁いた言葉をカイが繰り返す。抑揚のない平板な声。しかしそれは、感情を無理に圧し殺した硬い声ではなく、泣き疲れた子供のため息のようだ。

「――このまま目覚めなければいいと、ドレイクは言ったんだ………」

「それって……」

三四郎が背中を浮かせ、カイに向き直った。彼の視線から自分を守るように、カイは膝を引き寄せる。抱え込んだ膝に顎を乗せて、色のないため息をもうひとつ。

「……私はドレイクの望みをかなえたい。彼が私のことで苦しむのは耐えられない。――だったら彼を眠らせれば……、このまま、二度と目覚めない眠りにつかせてやれば………」

「おい！」

三四郎がカイの肩を摑んだ。

「バカな事を考えるな！　そんなことしたってオヤジさんは喜ばねえぞ！　逆に悲しませるだけだ‼」

「そう……なのか……？」

紫がかった銀色の瞳が、初めてその言葉を聞いたかのように不思議そうに見上げる。

「ああ、絶対だ！　あの親馬鹿オヤジなら、あんたがそんなこと考えたと知ったら嘆き悲しむ！　寝言を呟いた自分を許せなくて、いっそ死んだほうがマシだと――っ」

失言に気づいた三四郎が、唐突に言葉を切った。

「くそっ！」

「ふふ……」

鋭い舌打ちに、カイがぼんやりと笑う。

「すまん」

「おまえの言いたいことは判っている。謝る必要はない」

ぶっきらぼうな謝罪に首を振って、カイが視線を落とした。大きく息を吐いて、三四郎が壁に後頭部をこすりつける。

「あーあ、ガラにもねーことしてヘタこいたぜ。俺はもともと、人を慰めるってのが苦手なんだよ」

「知っている。慣れないことをさせて悪かったな」

笑みに似ているが、決して笑みにはならないものを浮かべて、カイが前方に視線を据えた。

「――全て、私のせいだ」

「なんで？」

硬い横顔を見おろして、三四郎が眉を寄せる。

「ドレイクが不安を覚えるのは、私が未熟だから。ドクターを、リリアンとロードとサンドラを、そしておまえをここに呼んだのは私だからだ」

「そりゃあ違うだろ。凱は好《す》き好《この》んで首を突っ込んだんだぜ。ロードやサンドラは自分から巻き込まれに来たんだし、それはあのチビだって同じだ。俺はまあ、結構無理矢理だったけどな」

にやりと唇を吊り上げた三四郎が肩を竦める。

「だからってあんたを恨んじゃいねえし、責める気もねえよ」

「おまえ達を巻き込んで、ドレイクを悲しませて、月の未来すら危険に曝しながら、それでも私は止めることが出来ない」

「だからぁ、誰もあんたを責めちゃいないって！」

「全ては私の望みだ。私の作戦だ。ドレイクじゃない。責めを負うのは私なんだ」

三四郎の言葉などなかったように、カイは淡々と呟き続ける。

「おい、聞いてるか？」

三四郎は身を屈めてカイを覗き込んだ。

カイの顔は白くそそけ立っていた。強張った横顔、一点を見つめて動かない視線。その憑かれたような様子が、物に動じない三四郎を不安にさせる。

「カイ！」

肩を摑んで揺す振ると、カイが顔を上げた。ゆっくりと手を上げて、覗き込む三四郎の顔にそっと触れる。頰に添えられた指の冷たさに、三四郎が眉を寄せる。

「……おまえ、死ぬかもしれない………」

「ああ、そうかもな」

三四郎があっさりと頷いた。軽い物言いに、カイの身体がひくんと跳ねる。

色褪せた唇が震え、見開かれた瞳が光を失うのに驚いて、三四郎が困ったように笑った。

「何を驚いてる？　そんなの今に始まったことじゃないだろ」

「………違う」

「何が？」

「今までとは違う！」

「だから何が!?」

「これは私の望みなんだ!!」

「それが――どうかしたのか？」

三四郎が首を捻る。根っから傭兵であるこの男にとって、作戦は作戦だ。誰が計画したのか、目的が何かは重要ではない。三四郎が気にするのは作戦の精度と成功率、そして予測される味方の被害だ。

「あんたが計画を立てたことは前にもあっただろ？　何を今更ビビってるんだ？」

「私の作戦ではなかった！　誰かの目的に参加していたにすぎない！」

「それとこれと、どこが違うんだ？」

「判らないのか!?」

カイが焦れったげに三四郎を睨む。

「おまえは私の望みのために、命を懸けるんだぞ!!」

白くなるまで拳を握り、乾いた目をいっぱいに見開いてカイが叫んだ。

「おまえは私のためにその身を危険に曝す！　リハーサルなしの一発勝負だ！　その場にいるのはおまえだけ！　誰も手助けできない！　そんな場所におまえは一人で……っ、たった一人で――っ!!」

声が割れて語尾が掠れる。しんと静まり返った長い廊下に、カイの叫びだけが響いた。

三四郎がカイの前に屈み込んだ。ゆっくりと膝をつき、カイと視線を合わせる。

「あの作戦を立てたのはロードだぜ」

「私が望んだ！　彼はその望みに応えたにすぎない!!」

「全員で検討して、ゴーサインを出したよな」

「危険性はその場でも問題になった！　アークフラッシュは誰にも制御できない!!」

悲鳴のように叫んで、カイが三四郎の腕に縋りついた。

「私がおまえを危険に曝すのか!?　私の望みは、おまえの命より大事なものなのか!?」

カイの指が三四郎の腕に食い込む。大きく見開かれた目が、縋りつくように三四郎を見上げる。

「ドレイクは私に重荷を背負わせたと思っている！　違うんだ！　私が引き継いだ段階で、それは私の望みになった！　彼が自分を責める必要なんてない！　どうして判ってくれないんだ!?」

「カイ！　落ち着け!!」

髪を振り、摑んだ腕を荒っぽく揺す振りながら、カイは抱え込んだ苦しみを一気に吐き出す。

「事が露見すれば、ドクターもロードもサンドラもただでは済まない！　なのに、私はそれを承知で皆を引きずり込んだ！　こんなこと、ドレイクは望んでいなかったのに!!」

「誰もあんたを責めちゃいねえ！　何度も言わせるな!!」

今のカイに三四郎の声は聞こえていない。胸の奥深くため込み、独りで抱え込んで、眠れぬ夜を過ごした気持ちを叫びにして吐き出すことだけしか考えられない。

「おまえはドクターの身代わりを引き受けてくれた！　露見するリスクを承知で大使館へも行ってくれた！　最初の計画が不成功だったのもおまえのせいではない！　なのに、私はおまえにさらに危険を冒せと言っている!!」

「ちょ……っ、俺の話を聞けって！」

「私は怖い！　私のために、おまえや他の皆の命を危うくすることがたまらなく怖い！」

「だから！　全部抱え込めなんて誰も言ってねえだろ！」

「もしおまえが失敗したらと考えるだけで胃が灼《や》ける！　おまえの代わりに私が行きたい！　そのほうがどんなに楽か！」

肩を掴む腕にしがみつき、精一杯伸び上がって、カイは恐怖に見開かれた目で三四郎を見た。

「もう沢山だ！　もう充分だ！　まだ足りないなら、私の命を差し出す！　賭けるのが私の命なら、こんなに苦しみはしない!!」

「待てよ！　あんた、ちょっとおかし――」

「誰も失いたくない！　私のせいでおまえを失うことには耐えられないんだ!!」

震える身体。縋るような視線。三四郎の腕に食い込む指の力。

カイの全てが、救いを求めて叫んでいた。

「教えてくれ！　三四郎、私はどうすればいい!?」

パン！　振り上げた三四郎の手がカイの頬を鋭く打った。

「————っ!!」

衝撃によろける身体を摑んで反対側にもう一度。

手加減なしの平手打ちに、不安定な膝立ちだったカイの身体が弾け飛んだ。

壁に背中を打ち付け、反動で跳ね返った身体がずるずると崩れ落ちる。

みるみる赤くなる頰を押さえもせずに床に手を着き、カイはそのまま動かなくなった。

三四郎も動かない。カイの前に立ち、彼のダメージを量りながら、静かな視線を注いでいる。

過呼吸寸前の息が治まり、激しく上下していた胸の動きが徐々に鎮まってゆくのをじっと見つめていた三四郎が、ゆっくりと膝をついた。怯える小動物をなだめるように、薄い肩に手を置く。

カイが拒まないのを確かめて、震える身体を慎重に抱き寄せる。

パニックが去り、鈍い虚脱状態のカイは、身を強張らせたまま三四郎の腕の中に収まった。

「まず手を開け」

三四郎の言葉に、硬く握り締められていた手がふわりと広がる。

「ゆっくりと深呼吸を一回、それから肩の力を抜くんだ」

一種の思考停止状態なのだろう。低い声が告げる命令に素直に従って、カイは大きく息を吸い込んだ。息を吐きながら、まだ震えの止まらない身体から力を抜こうとする。

「まだ早い。もう一回だ。————ゆっくりと」

胸から直接響いてくる静かな声に合わせるように、カイが息を吸って吐く。

「もう一回……ゆっくりもう一回だ……もっと大きく…………ほら、もう一回……」

震えが治まり、乱れていた鼓動が通常に戻るまで、三四郎はカイに深呼吸を繰り返させた。

「――落ち着いたか？」

棒のように突っ張っていた身体から力が抜け、爪の先まで白くなっていた指がほんのり赤みを取り戻すのを確かめて、三四郎が訊《たず》ねた。

「…………済まなかった……」

小さく頷いたカイが、掠れた声で呟く。

おとなしく腕の中に収まりはしたが、まだその身を預けようとはしない。カイを抱く手にもう少し力を込めて、三四郎が乱れた髪をゆっくりと梳く。

「――あんたさ、色々なことが重なってパニクってるんだよ」

長い指が髪を梳き上げる感触に、カイは詰めていた息を吐きだした。

「あんたは俺達を危険に曝すことを怖れてた。ずっと気を張り詰めてた。なのに、それを口にすることが出来なかった。吐き出せない恐怖と不安をハラにため込んでため込んで、トドメがオヤジさんの寝言だ。――限界だったんだ。破裂しちまったんだよ」

彼らしくない三四郎の静かな声は、微かな笑みを含んで優しい。

「そういうの、なんて言うか知ってるか？　『ボス猿の苦悩』って言うんだぜ」

「………私は猿か？」

三四郎の言葉にカイが小さく返す。

「お山の大将でもいいぜ。要するにリーダーだ」

ようやく会話が成立するまで落ち着いたカイの髪を、三四郎がゆっくりと梳き続ける。

「指揮官は人を動かす。命令する。そこには責任がある。それは誰にも預けられない。リーダーが独りで背負《しょ》い込まなきゃならない重荷だ。どんなに大きな組織でも、突き詰めていけば頂点に立つのは一人しかいない。プレッシャーとストレスは半端じゃねえだろう。それがボス猿の苦悩だ」

権力に伴う責任。人の上に立つ者の苦悩と孤独。全体を見回し、犠牲を冷静に切り捨てて計画を進める強い意志。動揺を見せる訳にはいかない。迷いを口にすることも出来ない。リーダーが揺らげば組織は保たないから。

「そういうの、俺は絶対にゴメンだね。だから俺は下っ端なんだ。ボス猿にはなろうったってなれない。ま、俺をリーダーにしようなんてアホはいないしな」

くふんと笑って、三四郎が肩を竦める。

「身体の苦痛なら我慢できるが、頭の苦痛は我慢できないんだよ」

そうだろうかと首を傾げかけ、その通りだと納得する。三四郎の強さはリーダーのそれとは種類が違う。指導力や権威とは無縁の、独りで生きる野生動物の強さだ。

カイの沈黙が先程までの虚《うつ》ろなものではなく、沈思黙考に変わったのを感じて、三四郎がカイの顔を覗き込んだ。

「あんたは逆だな」

尖った犬歯を見せてにっと笑いかける。

「あんたは自分が動くんじゃなくて、人を動かすことが出来る。それだけの頭があるし、全部抱え込むだけの肝っ玉も持ってる」

「私にそんな度胸はない」

「やれるよ。あんたはリーダーの器だ」

「その器ではないから、こうして弱音を吐いている」

「感情に負荷がかかり過ぎて、オーバーヒートしただけだ。こんなの寝言と同じだ」

オヤジさんと同じだ。そうだろ？　さっぱりと言い切って、三四郎が眉を寄せた。

「――上手く言えねえんだけどさ、あんたはこういう躓《つまず》き方をしたことがないんだろうな。躓いたことがないから、巧《うま》く転ぶ方法を知らない。転んだときの起き上がり方も、傷の治し方も知らないんだ。なまじ頭が良いもんだから、このテの問題に足を取られたことがなかったんだな」

「……挫折なら、嫌というほど知っているぞ」

「それはあんたの内側の戦いだろ？　外側の戦いなら連戦連勝のはずだぜ」

違うか？　苦く笑ったカイに軽く切り返し、三四郎が頑固に身体を預けようとしないカイを抱く手に力を込めた。

「今回の作戦は……、まあ、ビビってないと言えば嘘になるな」

「――っ」

腕の中の身体がぐっと強張った。それを気にせず、三四郎は話し続ける。

「だけど、俺にとって作戦に参加するのは生きるための手段でしかない。今回はたまたまあんたがリーダーだったってだけで、誰が指揮官かは正直どうでもいいんだ」

カイを慰めるつもりなどない三四郎は事実を告げるだけだ。その言葉に気負いはない。

「みんなはやる価値があると言った。俺も勝算はあると踏んだ。それで決まりだ。誰の望みだとか責任だとか、そーゆーのはボス猿が考えることで、現場の人間にはあんまし関係ないことなんだよ」

あっさりと言って肩を竦める。

「だから、俺はあんたの悩みを判ったふりなんかしない。俺は現場で命を張る。それが俺の仕事だからだ。あんたはリーダーの責任と苦しみを丸ごと抱え込んで、しらっとしてるのが仕事なんだ」

動くのが仕事、苦しむのも仕事。責任は等価で上下も軽重もない。

判るよな？　覗き込む三四郎には、上からものを言う人間の押しつけがましさや臭みがなかった。

「…………」

彼の言うことは判る。しかしそこまで割り切ることの出来ないカイは、俯いて唇を噛む。

硬い身体、重い沈黙。生気のない横顔を見おろして、三四郎がため息をついた。

「あんた……弱くなったな」

「――っ」

ぽつんと零された言葉にカイが息を詰めた。

「それが悪いって言ってるんじゃねえよ！　むしろ逆だ」

一気に色の抜けたカイの顔に、三四郎が急いで付け足す。

「俺の経験によると、悩んだり苦しんだりしてるリーダーのほうが犠牲が少ないんだ。自信たっぷりでイケイケゴーゴーの奴は結果命だから、無茶な命令を平気でするからな。たとえ成功しても、そいつの後ろには死屍累々《ししるいるい》だ」

「気弱なリーダーのほうが優秀な指揮官だと？」

「そうじゃない。そうじゃなくて……、んー、弱くて強い奴がいい……、かな？」

三四郎が首を捻りながら言葉を探し出した。

文官としては異例の局地戦の経験者であるカイは、三四郎の言いたいことが何となく判った。

勇気とは決して恐怖の不在ではなく、恐怖に震えながらも前進する力であり、勇気のある指導者とは、計画遂行の強い意志と同じくらい部下を失う痛みと畏れを胸に抱えてる人間だと三四郎は言っているのだ。

カイの頬が自嘲に引き攣れる。

「……私には無理だ」

「やれるよ、俺が保障する」

「私にそんな価値はない」

「俺が値段を付けたんだ。勝手に値下げすんなよ」

軽い物言いに苦笑を零して、カイがゆっくりと顔を上げた。三四郎の顔を見る。

「……私に、出来るだろうか………」

「出来るか、じゃなくてやるんだ」

躊躇いを色にしたカレイドスコープアイを見つめて三四郎が返す。

「弱いまんま強くなれ。そうすりゃ俺達は、安心してあんたについて行ける」

「無茶を言うな」

反論にいつもの鋭さがなかったが、その目はしっかりと三四郎を見ていた。カイは先程までの切羽詰まった惑乱と、それに続いた虚ろな脱力感を抜け出したらしい。

どことなく面白がっているような三四郎の力の抜けた表情を見上げ、今更のように襲ってきた羞恥に目を伏せて、カイが疲れたように笑った。

「……男のヒステリーは見苦しいな」

「んー、そうでもなかったぜ」

三四郎が眉を上げた。自分の腕の中に小さく縮こまったカイを楽しそうに見る。

「あんた、俺が大事で心配で、ワケ判んなくなってただろ？　その必死さ加減が嬉しいとゆーか可愛いとゆーか微笑ましいってゆーか……」

「あれは寝言だとおまえが言った！」

かっと頬を上気させたカイが、照れ隠しに三四郎を睨んだ。

「そう、寝言だ。だから忘れていい。俺も忘れる。――だけどさ」

光の戻った視線を受け止めて、三四郎が唇の端を上げた。

「いつもの俺なら、くだらねえことでうじうじ悩んでるんじゃねえって怒鳴ってるところだ。だけど、なんか妙に気分がいいから、まあ、こんなのもいいかなって」

へへ……。ひょいと肩を竦めて、三四郎がくすぐったげに笑った。

「――っ!!」

嬉しそうに覗き込んでくる三四郎に熱くなった頬を見られたくなくて、カイが両手を突っ張る。腕の中から抜け出そうとするカイを逃がすまいと、三四郎が回した腕に力を込める。

ムキになったカイとそれを面白がる三四郎。子供の戯《じゃ》れ合いのようなやり取りは、圧倒的な体力差に加えて、長く続いた緊張とそれを一気に爆発させたばかりのカイに分《ぶ》がなさ過ぎた。

「…………っ」

「へへ、俺の勝ちだ」

息を弾ませて、カイが抵抗を諦める。ぐったりと寄りかかった身体を改めて胸に抱き直して、三四郎が得意げに笑った。

「さて、そろそろいいだろ」

からりと明るい声で言うと、呆気なく抱擁を解いて三四郎が立ち上がった。

「俺は寝る。あんたは？　まさか、ここで夜明しするつもりじゃねえよな」

悪戯っぽく見おろされて、カイもようやく立ち上がる。

先に立って歩きだすと、三四郎がケーブルを拾って肩にかけた。

「あーあ、すっかりケツが冷えちまった」

文句を言いながら、三四郎が後に続く。

先程までのやり取りが恥ずかしくて居たたまれないカイの足は、自然と速くなる。その後ろを三四郎がぶらぶらとついてくる。

彼の歩き方は独特で、ほとんど足音がしない。それでもすぐ後ろに三四郎がいるのは判る。

羞恥と気まずさに追い立てられるように足を速めても、三四郎の気配は遠ざからない。さして急ぐふうでもないのに、三四郎は彼らの私室がある区画まで、早足のカイの一歩後ろを歩き続けた。

「……色々と済まなかった。礼を言う」

部屋が見えるところまで来て、カイは小さく呟いた。

振り向いて顔を見ることは出来なかったが、歩きながら軽く頭を下げる。そのまま部屋の前まで進み、ドアが開いたところで意を決して振り返った。

「じゃあ――――」

また明日。そう言って、もう少し先の自分の部屋まで行く彼と別れようとしたカイを、三四郎が軽く押した。

「……っ!?」

押されるままに部屋に踏み込んだカイの背後でドアが閉まった。

「三四郎!?」

突っ立っている三四郎を見上げてカイが目を見張る。

「どうして……っ」

「あんたのことだから、このまま安らかに眠ることなんか出来ねえんだろ」

足元にどさりとケーブルを落として、三四郎が眉を上げる。

「寝言だからってすっぱり忘れちまえるタチじゃねえもんな。どーせうじうじ考え込んで、不安やら後悔やらを牛みてえにモグモグ反芻して、夜通しさっきの続きをやるんだ」

「私はもう大丈夫だ！」

「はっ！　その言葉を俺が信じると思うか？」

鼻で笑ってベッドに腰をかける。

「あんたの切り替えの悪さは天下一品なんだよ」

焦るカイを尻目に、切り替えの早さは天下一品の男が軽々と笑った。無造作にブーツを脱ぎ捨て、ジャケットをソファに放ると、三四郎は指でちょいちょいとカイを呼んだ。

「ほら、来いよ」

「何を……っ!?」

「ナニって寝るんだ。ちゃんと寝るまで監視してる」

「その必要はない！」

「あるんだよ」

軽く言ってアッパーシーツを剝ぎ、綺麗に整えられたベッドにごろりと横になった。

「明日も早いんだ、ぐちゃぐちゃ言ってねえでさっさと来い」

眠る？　三四郎のいる部屋で？　恐慌状態のカイはその場で棒立ちになる。

三四郎は私とはもうセックスは出来ないと言った。その時のことを忘れたわけではないだろう。ならば彼は、本当に自分が眠るまで見張るだけのつもりなのか。

「カイ」

今までよく我慢してきたと思うが、生来短気な三四郎はそろそろ焦れったくなってきたらしい。彼を呼ぶ声に微かな苛立ちが混じっている。

それでもカイは、その場から一歩も動けない。目を伏せ、身を強張らせてその場に佇んでいる。

「いー加減にしろよ」

寝そべったままの三四郎が、うんざりと髪をかき上げた。

「…………帰ってくれ」

俯いたままのカイが、小さく呟いた。

「ちゃんと眠る。約束する」

「だから信じねえつってんだろ」

「……頼む………」

小さな、しかし切羽詰まった声に、三四郎が半身を起こす。

「―――――……」

「………おまえがいたら、私は眠れない……」

訳を言え。無言の問いかけに拳を握り締めて、カイが声を絞り出す。

「……私は…月人《ルナン》だ。……同じベッドで……おまえといて……ただ眠ることなど………」

出来ない。圧し殺し、途切れ途切れに続いていた声が、自嘲に引き攣れた。

「……おまえは……私を抱かないと言った。―――理由は判っている。納得している。……私のせいだ………」

喉に絡む声を無理矢理押し出して、カイがくっと息を詰めた。

「……私は感情を爆発させたばかりだ。まだ気持ちが乱れている。そんな状態でおまえに触れれば、私はみっともないことになる。―――月人《ルナン》の身体は、そういうふうに出来ている……」

唇を嚙み、込み上げる何かを飲み込むための短い間をおいて、のろのろと言葉を続ける。

「おまえは私を拒んだ。当然だ。頭では判っている……のに……、おまえといれば、浅ましい期待に身体が反応してしまう………」

ここまで言うことはなかった。彼が怒りだすように仕向けて、自分から部屋を出るようにすることだって出来たはずだ。どこか遠くで自分を詰《なじ》る声が聞こえる。

しかし、今まで口に出すことが出来ずにため込んだ不安や苦しみを一気に吐き出したせいか、後悔よりもどうにでもなれという捨て鉢な爽快感のほうが強かった。

くく……っ。嗤う声はどこか微妙に調子が外れていて、露悪的な言葉は毒を孕《はら》んで苦い。

「こんなこと、言いたくなかった!! こんなみじめな姿をおまえに見せたくは……っ!!」

ここまで言うのに残っていた気力を使い果たして、カイはふらりとよろけた。揺らいだ身体を支えるように、自分で自分を抱き締める。

きつく回した腕はすぐに力を失い、だらりと垂れ下った。疲れた息を一つ吐いて、カイはのろのろと顔を上げた。

「……判っただろう……? 帰ってくれ…………」

色のない唇に微かな笑みを浮かべて三四郎を見る。

「――これ以上追い詰めないでくれ。……最後のプライドくらい、守らせてくれ………」

苦い独白を黙って聞いていた三四郎が床に足を落とした。

立ち上がった三四郎に、強張っていたカイの肩が僅かに下がる。

これで三四郎が立ち去る。安堵《あんど》に力を抜いた瞬間、素早く回ってきた腕に腰を掴まれ、そのままベッドに放り投げられた。

「――っ!?」

スプリングが軋んで細い身体が弾んだ。カイが体勢を整える隙を与えずに、三四郎がのしかかる。

「三四郎!!」

跳ね上がろうとする腰を跨《また》ぎ、シーツを蹴る足を膝で押さえつけて、三四郎がカイを腕の中に囲い込んだ。

必死で暴れるが、力の差があり過ぎる。三四郎は無言だ。何も言わずに胸を合わせ、身体を重ねてカイの自由を奪っている。それでもカイはひたすらもがき続けた。

三四郎はカイの体力が尽きるのを待つつもりらしい。本気の抵抗を苦もなく封じて、三四郎はカイが諦めるまで彼の身体を拘束し続けた。

「……っ………」

苦しげに呻《うめ》いて、カイがついに抵抗を止めた。

「……息が……出来ない……」

切れ切れに声を洩らすカイに、三四郎が僅かに身体を浮かせる。

圧迫されていた胸が解放されて、カイが大きく息を吐いた。身体から力を抜き、三四郎の視線を避けて横を向く。

「……どうして……っ……」

どうして放っておいてくれない？　今夜何度目かの問いかけは、荒いだ息に途切れた。

「こんだけ暴れれば、さすがに眠れるだろ」

背けられた横顔を見おろして、三四郎があっけらかんと言った。カイはまだまともに呼吸出来ないというのに、三四郎は息も乱していない。

「おまえは……っ」

悲鳴のように吐き捨てると、カイは解放された腕を顔の上で交差させた。

「私の話を聞いていなかったのか……っ!?」

くぐもった声は弱々しく擦れ、抑えきれない激情に唇が震える。

「聞いてたぜ。俺に反応するんだろ?」

三四郎が首を傾げる気配。

「それのどこが悪い?」

「――――っ!!」

軽い物言いに、カイが組んでいた腕を解いた。

「おまえは私を抱かないと言った!!」

すぐ傍にある顔を視線で切りつけるように睨んで鋭く叫ぶ。

「うん、まあ……、今は無理かな」

殺気すらこもった眼差しを平然と受け止めて、三四郎が困ったように笑った。

「たしかに俺は勃起《た》たない。でも、あんたのことを拒んじゃいないぜ」

「それが拒絶とどう違うんだ!?」

辻褄《つじつま》の合わない言葉に苛立つカイに、三四郎が笑みを消した。真面目な顔で覗き込む。

「でも、あんたは出来るだろ?」

「…………っ!?」

「だったら俺にもやれることはある」

「――――――!!」

言葉と同時に、三四郎の手がジャケットの中に滑り込んできた。びくりと身体を跳ねさせて、カイは大きく目を見開いた。

「やめろ……っ」

この状況が信じられなくて、声に力が入らない。茫然と見上げるカイの薄いシャツ越しに、三四郎の指がなだらかな胸のラインをたどり始めた。

弱々しく拒むが、払いのけようとした手を反対に握り締められる。

「……やめてくれ……」

戸惑いながら上げる声は哀願に近い。

反応の鈍いカイを楽々と押さえつけ、三四郎が膝で両足を開かせて強引に腰を割り入れてきた。

本気だ――――! 見上げた三四郎の目に躊躇いがないのを見て取ったカイが、襲ってきた恐慌にぞくりと身体を震わせた。ようやく本気で抵抗し始める。

今夜何度目かのシチュエーション。しかしこれほど必死だったことはない。

遮二無二暴れ、腹筋を使って飛び起きようとする。指を絡めた三四郎の手に力一杯爪を立て、握られた手から逃れようとする。足を蹴り上げ、腰でいざって、滅茶苦茶に髪を振った。

驚愕《きょうがく》と恐怖に、理性や体面は吹き飛んでいる。手負いの獣のように目をギラつかせ、近づいてきたら噛みついてやろうと歯を剝いた。

それでも三四郎の拘束は緩まない。しっかりとカイの身体を押さえつけ、体重をかけてのしかかっている。

ぎり、と奥歯を噛み締めたカイが三四郎を見上げた。赤く染まった目の焦点を三四郎の左胸に合わせ、神経を集中させる。

カイが僅かに目を細めた瞬間、三四郎の身体がびくりと跳ねた。

「――っ」

三四郎が小さく呻《うめ》く。神経を駆け上がる激痛に息を詰め、きつく眉を寄せて、刺すような痛みをやり過ごそうと歯を食い縛る。

「く……っ」

苦痛を怺《こら》えて三四郎の身体が強張る。一瞬緩んだ拘束から逃れようと、カイが身体を捩った。

摑まれていた手を抜こうとした瞬間、三四郎の手がまた力を込めた。

突っ張ろうとした手を摑んでシーツに押さえつける。

「――!?」

シーツに縫い止められたまま、カイが信じられないと目を見張った。

「……へへ、今のはあんまり効かねえな」

ぽかんと口を開き、大きく目を見開いたカイを見おろして、額に汗を滲ませた三四郎が唇を吊り上げた。

有りったけの力を込めた電撃だった、殺しても構わないつもりで怒りを注ぎ込んだ。しかし、消耗しきった今のカイには、三四郎を昏倒させるだけの力が残っていなかったのだ。

「どうした？　いつものパワーがないぞ」

尖った犬歯をちらりと見せて、三四郎がカイのシャツに指を滑らせた。

「やめ――――っ」

悲鳴じみた拒絶の言葉が、胸の尖りを探し当てた指に途切れさせられた。

「……ぁ」

三四郎はカイの身体を知り尽くしている。どんなに感じまいとしても、指は的確に胸の頂点を育ててゆく。

「――――っ」

小さく上げた声に紛れもない快感が混じって、カイは唇を嚙み締める。

痛みすら感じるほどに硬く尖った胸の赤みに軽く爪を立てられて、カイの身体がひくんと跳ねた。

「力を抜け……」

「あ……っ……」

低い囁きが耳朶に注ぎ込まれて、抑えようもなく声が漏れる。

立ち上がったそれを指先で挾《はさ》み、擦り合わせるように転がされると、身体が勝手に震え始めた。

絶対に嫌だ。こんなやり方には耐えられない。そう思うのに、気力も体力も使い果たし、消耗しきった身体はいうことをきかない。

「……っ!!」

緩い拘束から逃れようともがくが、身動ぐことが逆に刺激になって、くん、と背中が反り返った。

身体が浮いた瞬間を狙ってジャケットが抜き取られ、シャツが鎖骨の上まで引き上げられる。露になった胸が外気に触れ、微かな空気の流れにいじられていないほうの頂点が赤みを増した。

「う……っ、ふ――――っ」

噛み締めた歯の間から息を逃がし、喉をきつく締めつけて、あられもない声が出ないように力を込めるが、漏れた吐息は甘く擦れる。

「――――っ!?」

指が触れていないほうの尖りに湿った息を吹きかけられて、カイが大きく目を見開いた。反射的に仰《の》け反《ぞ》ったことで三四郎の前に胸を突き出す形になる。それを逃さず、三四郎の唇がそれを捕えた。

「あ――――っ!!」

唇で摘み、舌先でくすぐる。硬くしこる感触を楽しみながら、三四郎が尖った犬歯を押し当てた。

「────!!」

脳に突き刺さるような快感に、カイが全身を突っ張らせる。浮いた背中に片手を回し、弓なりに固定させて三四郎が歯と舌を使って立ち上がったそれを挟み込んだ。

「や……っ、さん……、三四郎っ!!」

尖った牙の鋭い感触と、濡れた舌先の熱くぬめる感触。まったく異なる刺激を同時に与えられて、自分を苛《さいな》む男の名を呼ぶ声が上擦る。

カイは重い腕を上げ、少しでも刺激を遠ざけようと長い髪を摑んだ。顔を浮かせようと精一杯の力で引っ張るが、滑りの良い髪はカイの指をするりと逃れて、カイの手の中には革紐だけが残った。

「……っ、っあ！ や……っ、嫌、だ……っ!!」

本気で拒んでいるつもりなのに拒絶の声は甘く濡れて、カイの身体が羞恥に燃え上がる。

疲労に加え、屈辱と羞恥に掻き回された身体は神経の配線が滅茶苦茶になっていて、一気に上がった体温を快感と認識してしまう。

「っあ……っ、あ……あぁ！」

混乱が快感に拍車をかけて、過敏になった身体が鋭く反応する。

「ん……っ、っあ！ あ────っ!!」

髪を振りながら上げる声は淫《みだ》らに甘い。縋るものを探して無意識に伸ばした手が、三四郎の髪に潜り込んで指を搦《から》めた。

「あ――――っ」

舌と歯で刺激され、昂《たか》ぶるだけ昂ぶった胸を愛撫というには強すぎる力で嚙まれて、カイは甲高い悲鳴を上げた。身体を大きく仰け反らせ、三四郎の頭を胸に押さえつけるように抱き締める。

まるで欲しがっているようだと頭のどこか遠くで思うが、そんな自分を嗤うことは今のカイには出来ない。

「嫌……だ……！　い、や……っ!!」

やめろ、嫌だと繰り返しながらも、カイの腕は三四郎を抱き締める。立てた膝で三四郎を挟み込んで、時折ひくりと腰を浮かせる。

その仕草は、快感を高めるための手慣れたテクニックのようだ。本気で口にしているつもりの拒絶の言葉も、誘っているのと変わらない。

「あ……っ、ぁ――っ、あぁ！」

バランスの狂った心と身体に追い詰められて、カイは息を荒がせる。

きつく眉を寄せ、赤く染まった唇から切ない息を吐くカイをじっと見つめていた三四郎の手が、熱く滾《たぎ》った足の間にするりと入り込んだ。

「――っ」

少し乱暴に衣類を脱がされ、荒っぽく靴を取り去られる。露になった下肢に逞しい下肢を押しつけ、舌で胸を弄びながら、三四郎が手を伸ばして膝を摑んだ。

手の平に収まってしまう華奢な骨を握り、感触を楽しむように軽く捏《こ》ね回してから、爪先に向かって指を滑らせる。

「う……っ」

愛撫とも呼べないような愛撫。その少しもどかしい刺激が期待を生んで産毛が逆立つ。

いつだって快感を欲しがる身体は心の命令をきかない。押しつけられた三四郎の下肢が反応していないのを知っていても、快感は快感だとあさましく悦《よろこ》んでいる。

足裏の柔らかな皮膚を撫でるようにしながら、三四郎の指が爪先へたどり着いた。足の指のカタチを確かめるように、ゆっくりと指を滑らせる。

「あ……は……っ」

普段なら意識すらしない場所への丁寧な愛撫は妙に新鮮で、過敏になっている身体は爪に触れられただけで鋭く反応する。

「……っ、あ………」

ぐっと力のこもった内腿《うちもも》が三四郎の腰を締めつける。着古したジャケットのざらりとした肌ざわり、金属製のボタンやバックルの冷えた硬さまでもが刺激になって、火照る内腿が汗に濡れる。

突っ張った爪先を解しながらゆっくりと指先を上げると、三四郎は膝を肩にかけて身体を起こした。

「――っ!?」

一気に腰が浮いて、カイが硬く閉じていた目を見開く。

思わず上げた視線が、絶対に見たくないと思っていた三四郎を捉えた。

感情の読めない硬い視線が自分を見おろしている。三四郎はカイを組み敷いてから一度も逸らさない。それは見なくとも判っていた。

やめろと口で言いながらも殆ど抵抗しない自分を、髪に指を絡め、触れられれば積極的に応えて、ジャケットすら脱がない男の愛撫に濡れた声を上げる自分を、三四郎はずっと見ていた。

今も見ている。否、観察している。

肩に片膝を担がれて、腰を高く上げた姿を。身につけているのは首の下までたくし上げられたシャツだけで、全身を汗に濡らして喘《あえ》いでいる姿を。胸の頂点を赤く尖らせ、露な下肢を彼の目の前に曝し、一度も触れられていないのに反応している欲望の中心を、三四郎は唇を引き結び、濃い眉を僅かに寄せて見つめている。

喜怒哀楽がはっきり表れる彫りの深い顔に、何の表情も浮かんでいない。

一瞬彼の感情を読もうとしかけ、カイは意志の力でそれを抑え込んだ。彼の感情に自分に対する侮《ぶ》蔑《べつ》、もしくは憐《れん》愍《びん》を読み取ったら耐えられないと思ったからだ。

昂ぶっていた身体が一気に冷えて、カイは唇を嚙んで横を向いた。

「……これは…………レイプだ……」

「――――うん」

震える声に、三四郎が頷く。

「たぶん、そうなんだろうな」

「……おまえは私と身体を繋ぐ気がない。――なのに、私を抱こうとしている。これは精神へのレイプだ。おまえは自分の手を汚さずに私を強姦しようとしている」

「あんたを侮辱するつもりはねえよ」

静かな声、静かな視線。この静けさそのものが侮辱だと、どうして判らない？

「こんなことをするのは私が月人《ルナン》だからか？　一方的だろうとなんだろうと、抱けば感じる身体だから？　触れれば声を上げ、面白いように昂ぶって勝手にイく。そんな相手だから、悦《よろこ》ばせればそれでいいと思っているのか……？」

鋭く問い質したいのに、疲労と絶望が声から力を奪っている。泣き叫び、ありったけの言葉で三四郎を責めたいのに、口から出る言葉は平べったく乾いていた。

「それは――半分だけ当たってる」

一つ息を吐いて、三四郎が頷く代わりに顎を引く。

「あんたは月人《ルナン》だ。あんたがどんなに嫌がっても、それは変えられない。そして、月人《ルナン》が感情を爆発させたり心が不安定になったときにどうなるか、俺は知ってる」

事実を淡々と告げる声。話しながら、三四郎が自分を見ようとしないカイの髪を撫でる。汗で張りついた髪を梳く三四郎の指は、これがあのがさつな男かと疑うほどに優しい。

「色々と引きずってればなおさら、あんたは絶対に眠れない」

「……だから……私を抱くと………？」

震える声に半分頷き、半分否定するように首を動かして、三四郎が身体を倒した。

肩に膝をかけたまま身を乗り出し、背けられたカイの耳元に唇を寄せる。

「俺はさ、今夜あった色々なことを全部忘れて欲しいんだ。あんたに夢も見ないで眠ってほしいだけなんだよ」

息で耳朶を撫でるようにやわらかく囁くと、三四郎はカイの欲望の中心に指を絡めた。

「――――っ」

深く傷つき、凍えるほどの絶望を感じていたはずなのに、未だ熱を保って強張っていたそれが、跳ねるように反応した。

「ひ……っ‼」

悲鳴を喉に詰まらせて、カイの身体が反り返る。ダイレクトな刺激は背骨を駆け上がり、脳に突き刺さって腰が一気に重くなった。

「あ……っ、あ、あ、あ――――っ‼」

強弱を繰り返す指に合わせて声が漏れた。指の絡んだそれは三四郎の手の中で熱く滾り、ひくひくと脈動している。

「あっ、あっ、あっ、あぁ！」

肩の上で揺れていた足がぴんと突っ張り、声と同時に腰が浮いた。綺麗なラインを描いて反り返った身体を汗が伝い、滅茶苦茶に乱れたシーツに吸い込まれる。

「あ……あ、は……っ、あっ、あぁ！」

無理な姿勢に内腿が引き攣れた。三四郎はリズミカルに手を動かし続ける。

滲み出た体液が三四郎の指を濡らした。三四郎の手の中でくちゅくちゅと湿った水音をたてるのを聞けば、もう嫌がるふりすら出来ない。カイは苦しみながらも快感を受け入れる。

なめらかに動く指に応えて痙攣し始めた柔らかな肌に、三四郎の唇が触れた。

「う……っ、ふっ、ふ……、あ、あ、あ――――っ!!」

軽く吸って痕《あと》をつけ、あやすように舌で舐《な》める。小刻みに手を動かし、カイの身体から力が抜けたところを見計らって歯を立てる。

「――――っ!!」

開いた唇から声にならない悲鳴が漏れた。言葉がカタチを失って、切れ切れの息と意味をなさない喘ぎ声しか出てこない。

「あ……っ、ん……、うっ、つ――――っ、あぁ！」

熱く火照った内腿に三四郎の牙が食い込んだ。柔らかい肌に次々と刻まれる赤い噛み痕と同じ色の光が、カイの脳裏で瞬く。

「うっ、ふ……っ、あ……、あぅ！」

ぐっと仰け反った拍子に抱え上げられていた膝が汗で滑ってシーツに落ちた。力なく投げ出された脚を掴んで、三四郎が大きく割り広げる。

「痛――――っ」

無理を強いられた関節が軋んで、カイが奥歯を噛み締めた。

苦痛に強張る身体から顔を上げて、三四郎が身を乗り出す。横を向いたカイの顎に手を伸ばし、顔を上げさせた。

「――――っ……」

三四郎の視線が注がれているのは感じるが、せめてその顔を見まいとカイは固く目を閉じた。

身体が重なって、視線が近くなる。ジャケットの硬い生地が尖った胸に擦れて小さく息を詰める。

頬に三四郎の長い髪がさらりと流れ落ち、食い縛った唇に吐息がかかった。

「――――っ!?」

三四郎の意図を悟って、カイが顔を背けた。触れようとした唇を避けてシーツに顔を埋《うず》める。

こちらを向かせようとする指に抗い、顎を掴んだ手を必死で振りほどいた。

「……?」

思いがけない抵抗に、三四郎が目を見開く気配。頑なにくちづけを拒むカイに、三四郎が静かに息を吐いた。

三四郎はそれ以上カイを追い詰めようとはしなかった。代わりに薄く指の痕が残った顎に唇でそっと触れる。

小鳥が啄《つい》ばむような軽い接触を何度か繰り返して、三四郎の唇が離れてゆく。

「……っ」

全てを曝け出しながらもくちづけだけは拒む自分の姿に、身体の最奥まで蹂躙《じゅうりん》されても唇だけは許さなかったという昔の娼婦を連想して、カイの唇が歪んだ瞬間、三四郎の長い指が体内に挿し入れられた。

「――――――――っ!!」

衝撃にカイの身体が突っ張った。違和感に肌が粟《あわ》立つ。準備の出来ていなかったそこは、熱く乾いて三四郎の指を締めつけた。

「うっ、つ……っ、あっ、は…………っ」

きつい抵抗を無視して、三四郎が指を進める。

慣れた指先が内壁を荒っぽく解してゆくのにつれて、苦痛に噛み締められた唇が開き、吐く息に甘い喘ぎが混じり始める。

「あ……、あっ、あ……ふっ、あぁ！」

体内の探る動きに合わせて、三四郎が熱くぬめる欲望を緩急をつけて握り締める。むき出しになった神経が、僅かな動きにも過敏に反応する。微かな空気の流れすら刺激と感じて声が漏れる。

「あっ、あっ、あっ、あ――っ!!」

開いた唇から唾液が糸を引いた。カイの唇からは、もう口先だけの拒絶すら出てこない。

ひくひくと下腹を波打たせるカイを見ながら、三四郎が強引に指を増やした。

「う――――っ」

無意識にずり上がろうとする腰を摑んで、深々と指を呑み込ませる。彼に眉を寄せたモノが、苦痛ではないと知っているから。

「あ……っ、あふ！　っあ、あっ、あ――――っ」

体内で傍若無人に動き回る指に解されて、乾いていた内壁がもったりとうねり始めた。異物を受け入れさせられる違和感が倒錯的な悦びに変わり、カイは被虐の快感に酔う。

「ん――――っ」

カイを手酷く煽《あお》りながら、三四郎が浮いた腰骨に唇を落とした。軽く吸って、自分のつけた痕を丹念に舐め上げる。執拗に舐められていると、浮き上がった腰骨から唾液が滴った。

「ふ……っ、あ、あ、あはっ、……っ……」

三四郎の唇から漏れた唾液が内腿を伝い、欲望に絡む指を濡らして動きが一層なめらかになる。

配線がおかしくなっているカイの神経は、湿った水音を聞いているうちに、それを自分の身体の内側が作り出す音と誤解した。

「あ――――っ!!」

ああ、濡れているとぼんやり思った途端、熱を持った粘膜が本当にぬめりを帯びて、カイの唇から裏返った悲鳴が漏れた。自分の想像に煽られて、カイは性感を鋭く昂ぶらせる。

「あ、あ、あぁ、あ！」

与えられる愛撫を全て味わおうと、カイが腰を揺らめかせた。

絶望すら快感に変換してしまう月人《ルナン》の身体は、異様なシチュエーションを嬉々として受け入れ、初めての感覚を愉しんでいる。悦楽の鋭い矢が全身を刺し貫き、閉じた目の奥が赤く濁った。

「はっ、あ、ああ、あ――っ」

喘ぐ声が忙しなく途切れ、無意識に揺らめかせる腰の動きが速くなる。

目指す高処《たかみ》が近い。なのに、どうしてもそこに行き着けない。

刺激が足りない。カイは焦れったさに歯を食い縛った。

頂に駆け上がり、身体を引き裂いて、脳を白く爆《は》ぜさせるにはもっと強烈な刺激が必要だ。

「あ……、も、もう……っ」

頂が近いのに、あと少しが足りない。気の狂いそうなもどかしさをなんとかしたくて無我夢中で手を伸ばす。と、縋るものを探して伸ばした指が、指先が三四郎の腰に触れた。

「――――っ」

びくんと身体を跳ねさせて、カイが大きく目を見開いた。

自分を苛む男の腰は、全く反応していなかった。

三四郎もさすがに薄く汗を浮かべている。息も荒い。その目は強い光を帯びている。

だが、ジャケットすら脱がない三四郎の目には、カイの望む欲望の色はなかった。

「…………っ……」

今夜、一度も濡れることのなかったカイの目から涙が一筋伝った。震える唇から声が漏れる。

一度零《こぼ》れ落ちた涙は流れ続ける。後から後から湧き上がってカイの頬を濡らしてゆく。

潤んだ瞳を見せたくなくて、カイは顔の上で両腕を交差させた。

「泣くなよ」

カイの涙に驚いたのだろう。低い声が戸惑っている。

「泣くな」

一方の指をカイに深く呑み込ませたまま、三四郎が反対の手でこめかみを伝う涙を掬い取った。

「――俺、あんたにひどいことしてるのかな……？」

カイとしてのプライド、月人《ルナン》としてのプライドの両方を切り裂き、引きずり堕《お》として踏み躙《にじ》ってい
るのに、囁く声は頼りなくて、触れる指は優しい。

「……おまえは……残酷だ………っ」

食い縛った歯の間から洩らす声が震える。

残酷な三四郎。優しい三四郎。そのどちらにも手酷く傷つけられ、カイはわななく唇から声を搾り
出した。

「これはさ、セックスじゃないんだぜ」

拭《ぬぐ》っても拭っても零れ落ちる涙に指を濡らしながら、三四郎が生真面目な声で呟いた。

「三四郎という男もここにはいない」

どうしようもなく熱いのに凍えるほど冷たい。両極端の感覚はちっとも混じり合わない。そして、惑乱する耳をあやす低い声。

「う……っ……」

「泣くな、カイ……」

嗚咽《おえつ》を怺えるカイの耳に、その声は妙に遠い。

「ここにいるのは――、いや、ここにあるのは睡眠薬だ」

人間じゃない。俺はいない。眠れ。カイ、眠るんだ。

ぐずる子供に言い聞かせるようなやわらかな声が、甘く優しく繰り返す。

「あんたは夢を見てる。いい夢じゃないかもしれねえが、目覚めれば消える。何をしても、何を言っても、全部夢だ。だから……」

安心して夢を見てろ。息だけで囁いて、三四郎が顔を隠す腕に軽く唇を落した。

「わ……すれ、られる……はずが……っ」

ない。そう言おうとしたカイの唇にそっと指先が触れた。

「そーゆーのも、全部まとめて寝言だよ」

微かに笑みを含んだ言葉を息だけで告げると、三四郎は動きを再開させた。

「――――っ!!」

カイの身体が大きく仰け反る。

先程までの優しさは一瞬で消えて、強い腕が反り返る身体を押さえつけた。体内を探り、押し広げて抉《えぐ》りながら、指を増やして荒っぽく掻き回す。

「あっ、あっ、あっ、あ――――っ!!」

立てていた膝が崩れ、突っ張った爪先がシーツに皺を刻んだ。顔を隠す余裕のなくなった腕がベッドヘッドを摑み、弓なりに反り返る背中が浮き上がった。

「んっ、つぁ、あ、あ、あ、あ……っ」

「く……っ、そ……っ」

カイを滅茶苦茶に掻き乱す男が、低く呻いた。

「こんな……っ、頭がバクハツしそうなのに、どうして勃起《た》たない……っ!?」

食い縛った歯から漏れる声。気が狂いそうだと訴える切れ切れの言葉。

――不思議なことに、カイはその言葉に安心する。最後まで出来ない三四郎は、凱の言う機械ではなく生身の男、彼の唯一無二のバディ、三四郎・マキノなのだと不意に判ったからだ。

「……っ、あ、あ、あ――――っ」

その意識が、カイを押し止《とど》めていた何かを解放した。最後まで捨てられなかったこだわりが嘘のように溶けて、圧倒的な熱量に押し流される。

「あっ、はっ、あ、ああ、あ……っ……！」

今夜初めて三四郎の腕に本当の意味でその身を委ね、カイはどうしても届かなかった頂を目指して身体の全てを使って応え始めた。

「あふ、ふっ、ふっ、ふ……っ、あぁ！」

脳が破裂する。肺に空気がいかない。骨が溶け、神経が千切れて、身体がばらばらになる。

激しく乱高下していた意識が一点に絞り込まれて、上り詰めながら突き落とされる感覚に向かって性急に駈け上がってゆく。

「――――っ!!」

開いた唇からは、もう声すら漏れない。

目指した高処より遥か上、今まで到達したことのない種類の頂点、許容量を越えた快感。その全てが襲いかかるようにカイを包んで、彼の意識は急速に遠ざかっていった。


「――悪いな」

声。微かな、そして柔らかな声が、意識の大半をぼやけさせたカイの耳に辛うじて届いた。泣き疲れた顔から汗で張りついた髪をかき上げる指。

触れた指から痛みが流れこんでくる。三四郎が感じている、痛み。

「ドレイクは丸ごとあんたを受け入れる。俺にはそれが出来ない」

三四郎は汗と涙に汚れた頬を撫で、髪をゆっくりと梳き続ける。

その声も仕草も、泣きたくなるほど優しい。

「でも、オヤジさんに出来なくて、俺に出来ることがあると思ったんだ……」

俺、間違ってたのかな――。低い呟き。カイにではなく、自分に問いかける声。

なにを……、言っている……………？

これはカイに聞かせるつもりのない独り言だ。三四郎が己れに問いかけているだけだ。それは何となく判った。

僅かに残った意識ではそれ以上の思考は無理で、カイには三四郎の言葉を理解することは出来ない。限界を超えた身体は、もう指一本動かない。三四郎の声が、泥のように疲れた身体と殆ど途切れかけた意識を眠りへと誘い込む。

弛緩した身体を投げ出したカイの頬に、涼しげな音を立てて髪が落ちた。その冷たさが、火照った身体に心地いい。

「こんな風に、泣かせるつもりじゃなかったんだ……」

囁く声が近くなって、閉じた瞼に柔らかな感触。三四郎の唇だ。

優しい感触が額を、鼻筋を、頬を軽く撫で、最後にカイの唇に触れて遠ざかる。

「これは夢だ。朝になれば全部消えちまう。――だから、眠ってくれ」

眠れ、カイ。呪文のように繰り返される言葉が、最後まで残っていた意識を霞ませる。

その言葉に導かれるように、カイは覚醒の狭間をゆらゆらと漂っていた。

「ごめんな………」

呟かれた言葉は、カイの耳には届かなかった。

睡魔の暖かい腕に抱かれ、カイは小さな寝息をたて始めた。

ようやく訪れた安息に身体を委ね、安心しきった子供のように微かに唇を綻ばせて、カイはゆらゆらと漂いながら落ちていった。

——夢すら見ない深い眠りに——。

５ ＩＮＴＥＲＭＥＺＺＯ～間奏曲～

「粉々に吹っ飛んだのは、私が座る場所だったんですよ！」

カイを見上げた小太りの男が、顔を赤くして力説した。

「あれは私を狙ったんだ!!」

「昼食の席は、特に決まっていなかったと伺いましたが」

「それでも私はいつもあそこに座っていた！　だから、彼と同席するのは断固拒否します！」

カイの言葉を遮って、視察団の一人で評議委員でもある男が尚も言い募る。

「困りましたね」

舌打ちしたいのを怺《こら》えて、カイは本気で怯えている男に品良く微笑みかけた。

「それではパーティーの意味がなくなってしまいます。視察団の方々の中に軋轢《あつれき》があるのはよく判りました。だからこそ、私達に仲を取り持つお手伝いをさせて頂きたいんですが」

絹のなめらかさを持つ口調と極上の微笑は、目の前の小男にうんざりしている内心を微塵も窺《うかが》わせない。

「月の人間としては、折角御招待した皆様に気持ち良く過ごして頂きたいと考えています。そのために視察団の希望者に公邸の部屋を提供致しました。しかし私達は視察団御一行全員と良好な関係を結びたい。私は憂慮しているんです。この事件で月の印象が悪くなるのではないかと……」

「その心配は無用です！　私は月のサービスには満足していますよ！　これはあくまで視察団内部の問題で、月とは何の関係もありませんから！」

形の良い眉を寄せ、訴えかけるように彼を見つめたカイに、小男が慌てて首を振った。

「そもそも、あれは大使館で起こったことです。そちらの不手際ではありませんよ！　責めるとしたら大使館のセキュリティ――いや、あの男です!!」

きっぱりと言い切った男が、憤懣《ふんまん》やる方ないといった様子で拳を握り締めた。

「その爆発ですが、不幸な事故だったということはありませんか？」

出来ればそうであって欲しいという思いをありありと見せて、カイがおずおずと口にした。カイは自分はあくまで無関係で、自国での揉め事を穏便に済ませたい外交担当者という態度を崩さない。

「とんでもない！　あれは私を狙った犯罪です！　その証拠に、あいつの席はあの爆発から一番遠い場所だったんだから!!」

「そう……ですか……」

カイは悲しげに俯くことで、唇に浮かびかけた苦笑を隠した。

視察団の一員であり、連邦の構成する評議委員の一人でもあるこの男は、カイ達の計画に面白いようにはまっていた。

彼らの目標は大きく四つ。一つはあの爆発が月側とは何の関係もないと、視察団と大使館両方に納得させること。二つ目は視察団の間に不協和音を生じさせること。三つ目は、彼らが騒ぐことで業務に支障を生じさせ、大使館の機能を低下させることだ。

今のところ、この三つは文句のつけようがないほど成功していた。

こうも簡単に仲違《なかたが》いするのには理由がある。彼らは政府の代表でありながら巨大企業の経営者でもある。親善使節として月に来ているが、内実は利害が複雑に絡み合い、それぞれの利権を奪い合う競争相手だからだ。

そこにあの爆発だ。彼らは身内同士で犯人探しを始め、互いに互いを疑って、寄ると触ると大騒ぎを起こしていた。

大使館職員はそれに振り回されている状態だ。誰もが別々に上級職員を呼び付けて文句を言い、自分を守れとヒステリックに主張して、本来なら捜査にあたるべき担当者の仕事を妨害している。

そして、疑心暗鬼に陥っている彼らが頼るのは月だ。彼らは先を争って月政府に保護を求め、カイを始めとする月の行政官に擦り寄ってきている。

大使館は面目を失うことを恐れて連邦に助けを求めることは出来ず、やはり月を頼ってくる。

作り物のような美貌《びぼう》の若い行政官代理が事件の首謀者だとは微塵も疑っていないのだ。

そして最後の一つは――

「やはり使節団の皆様全員をご招待してパーティーを開きたいと思います」

小男が大袈裟《おおげさ》にまくしたてる文句や愚痴を聞き流していたカイが、一瞬途切れた話の合間に口を挟んだ。

「お話はよく判りました。窮状もお察しいたします。それだからこそ、話し合う場を設けるのが一番ではありませんか？」

「だからそれは……っ！」

「私から見れば、皆様は地位も名誉もお持ちの立派な方々ばかりです。お互いにきちんと説明すれば、誤解も解けるでしょう」

むきになって言い募ろうとする男を慇懃《いんぎん》に遮って、カイがにこりと笑いかけた。

「そのために第三者である私達が主催のパーティーを催してお手伝い致します。腕に縒《よ》りを掛けて美味な酒肴と美しいコンパニオンを用意します。安全な場所で、腹蔵なく話し合ってはいかがですか？」

「しかし……」

躊躇う男にカイがすっと近寄り、思わせ振りに声をひそめた。

「場所は公邸のレセプションホールで、参加者は視察団の皆様とこちらが厳選した月の要人に限定した、ごく私的なパーティーにします。随行員も個人的なＳＰもホールには入れません。如何《いかが》です？」

「………」

カイの意味深な視線に男が黙り込む。その名も高き月主催のパーティーで、選《え》りすぐりのコンパニオンを呼んだ私的なパーティー。そこで繰り広げられるであろう淫靡《いんび》な楽しみにかなりそそられてはいるものの、まだ何か言いたげな男に、まるで話のついでのようにカイが付け足す。

「その際に、少しお仕事の話をさせて頂くのは不粋《ぶすい》でしょうか？　新しいドーム建設の入札は、これからだと思いましたが……」

「それは……っ!!」

小男が身を乗り出した。色と欲に絡め取られた顔がだらしなく笑み崩れる。

「あー、仕方ありませんね。そこまで熱心に誘われたら、断るのはエチケット違反になってしまう」

ごほんと一つ咳払《せきばら》いをして、男が威厳を取り繕う。重々しく頷く男の顔を見つめながら、カイが手を差し出した。

「良かった。あなたが了承してくださらなかったら、パーティーなど意味がないと思っておりました」

まるで彼一人を遇すためだけにパーティーを主催するのだと言わんばかりに、カイが男を見つめながら微笑んだ。

冷たく整った容貌をあえかな微笑が妖艶に彩る。関節や骨をまるで感じさせない細い指が自分の手に触れると、同性には興味のない男——彼の好みは派手な顔立ちのグラマーだ——の背中がぞくりと粟立った。そして、自分を見つめて妖しく煌めく万華鏡の瞳。

「————っ」

男の脳裏に、自分の背中に腕を回すカイが鮮明に浮かんだ。白い姿態を絡みつかせ、甘い声を上げながらもっとシテくれと哀願し、痴態の限りを尽くす月人《ルナン》の姿が。

「では、色々と準備がありますので私はこれで」

鼻息を荒くした男が一歩前に踏み出そうとした瞬間、カイがすっと後退した。

「パーティーでお会いするのを楽しみにしております」

ぽかんと見送る男に優雅に一礼し、その場を離れる。

背を向けた途端、カイの頭から男の姿は掻き消えた。

なんて簡単な。嘲笑《ちょうしょう》に形の良い唇が歪む。

三日後にパーティーを開催すると発表したのが今朝で、それから使節の人間に呼び止められるのはこれで二人目だ。似たような理由で参加を拒否し、似たような言葉で違う誰かを疑って、大袈裟に騒ぐ男達。

カイは彼らを殆ど同じ言葉でなだめ、色と欲で懐柔《かいじゅう》して参加を承諾させた。にこやかに品良く、僅かにセクシャルな空気を滲ませて微笑むと、彼らは拍子抜けするくらいあっさりと引っ掛かった。

招待状を持って大使館に向かったアントナンからの報告によると、向こうも似たような反応らしい。

下工作は順調に進んでいるが、突然決定したパーティーをつつがなく開催するためにはやることは山のようにある。目覚めてからこっち、カイはフル回転で動き回っていた。

月の行政府が主催するため、表向きの準備は月の人間だけで行なわなければならない。こういうときに頼りになるドクターはまだ動けない。ロードとサンドラは本当の目的の準備に飛び回っている。

三四郎は――――……。

「長官代理殿」

抑えた声がカイを呼び止めた。細く開いたドアの隙間から、白髪の老人が彼を手招きしている。

「是非お話ししたいことが」

きょろきょろと辺りを見回しながらカイを呼んだ男も視察団の一人で、彼もまた評議委員だ。

「いかがなさいましたか？」

不思議な気分だ。

口元に笑みを浮かべ、咳《せ》き込むように話しかける老人の言葉を意識のごく一部で聞き、機械的に頷きながら、カイは自分の内側に目を凝らした。

目覚めたとき、カイは自分に立ち上がる気力が残っているとは思えなかった。

当然だろう。ドレイクの仕事と本来の自分の業務に隠密裏に進めている計画が重なって、仕事量は激増していた。ただでさえオーバーワークのところに仲間の命が自分の決断にかかっていることへのプレッシャーがあり、それを誰にも気取られずに毅然《きぜん》としていることへのストレスが加わって、眠れぬ夜が続いていたのだ。

不安と怖れに神経を痛めつけられ、心身共に疲れ果てたところで聞いてしまったドレイクの本心、そして三四郎だ。

三四郎が自分のためを思ってくれたのは判っている。しかし、その善意は手酷《てひど》くカイを傷つけた。

どんなに心が拒んでも身体は反応することを思い知らされた。自分の身体に裏切られ、徹底的に打ちのめされて、泣きながら意識を手放したのだ。

なのに、起き抜けの意識は妙に澄んでいた。身体は軽く、濡れた衣類のようにまとわりついていた疲労が嘘のように消えている。ここの所感じていた、頭を締め付けるような頭痛すらない。

一体どういうことだ？

あの時の自分の気持ちを考えると、下世話な言葉で言う『一発ヌいてすっきりした』という説明は全く当てはまらない。

惨《みじ》めさや失意を抱え込み、身体が沈み込むような気分になって当然の状況だった。なのに、起き上がった瞬間から頭も身体もフル回転で動き始めていた。

あんなに泣いたのはいつ以来だろう。

カイはぼんやりと考える。母が死んだ時か？　それともドレイクの病気を知った時？　少なくとも、人前であそこまで泣いたことはない。

昔から意地っ張りな子供だった。醜態を曝すにはプライドが高過ぎた。

その自分が手放しで泣いた。泣いて泣いて嗚咽に息が詰まり、しゃくり上げて声すら出せないような泣き方をしたのはおそらく初めてだ。

その結果が今の気分だ。

真綿のように締めつけていた様々な負の感情が、涙と一緒に流れ出ていってしまったようだ。

絶望というのは、表面張力の限界を越えると一気にあふれ出てしまうものなのだろうか。

カイは考える。問題は何一つ解決していない。それは判っている。

しかし、重く垂れ籠めていた雲が晴れて、問題を一つずつ解決していく気力が湧いてきたのは事実だ。それも無理矢理搾り出すのではなく、もっと前向きな気分で。

絶望も屈辱も確かにある。胸の内を覗き込めば、三四郎に対する憎しみも見つかるだろう。

だがそれは不思議なくらい湿度がなく、からりと乾いた感触なのだ。自分を責める気すら起きない。

カイは自分を憎むのに慣れていた。長い間、その感情は彼の身体の一部だった。克服したつもりではあるが、それは意識の表層のすぐ下にあって、外に出る機会を窺っているのを感じていた。

だから、カイは今の気分が信じられない。

自暴自棄に苛まれながら、胸に開いた暗く深い穴を覗き込む。そんな目覚めを予想していたのに、覚悟を決めて目を開けたら明るい青空を見上げていたような気分なのだ。

清々《すがすが》しい絶望。陰湿さのない屈辱感。爽快感の漂う惨めさ。

そんな感じ方があるのだろうか。

だとしたら、これは全て三四郎が施した荒っぽいヒーリングの結果なのか？

それは買い被りすぎだ。カイはひっそりと苦笑を零す。

あれはそんな繊細さとは無縁の男だ。

だが、三四郎という男の持つ独特な空気が、カイの気分を軽くしていることは事実だった。

碌《ろく》にものを考えず、感覚に従って動く男が本能的に取った行動には妙な作為がない。それが自分にとってどれほど屈辱的なモノであろうと、そこに絡みつく感情がないから、彼の言ったことはそのまま受け取れる。

そんな男が言った。これは夢だと。目覚めたら終わりの一夜の悪夢だと。

そしてカイは、それを信じてしまいそうになる。

さすがに顔を見たい気分ではないが、もし三四郎と会っても彼は全く変わらないだろう。醜態を曝した自分を見る目に変化はない。昨夜を引きずらず、わだかまりも持たない。

そう信じられる。

――おそらく、三四郎はカイに夢だと宣言した同じ気持ちで自分にも夢だと言って、それを何の抵抗もなく受け入れてしまったのではないか。

過激なリハビリテーションが効を奏したのは、三四郎のそんな感情が彼から滲み出て、それを自分のエムパス能力が感じ取ったせいかもしれない。

結果、カイは妙に明るい気分でどうにでもなれと思っている。やけくそ混じりの開き直りが、彼のエネルギーになっている。

とてもではないが感謝する気になれないが、もしあれを別な人間がやったとすれば、カイはおそらく相手を殺すか自分が死ぬかまで追い詰められただろう。

三四郎だから。

そもそも少しでもデリカシーのある人間ならば、深く傷つき、ただでさえ動揺している相手にあんなことはしない。

しかし、三四郎だから。

傷を抉り、無理矢理押し開いて毒を体外に出させるような思い切ったまねが出来るのだろう。あの男は、一歩間違えば更に傷口を広げてしまうかもしれないと考えて躊躇ったりしない。

三四郎だから。そう思ってしまうことのなんと多いことか。

自分の思考に苦く笑って、そろそろ終わりに差し掛っている老人との会話に注意を振り向けた。

「おっしゃることはよく判りました。しかし、このままでは視察団は空中分解してしまいます」

まるで今まで彼の話に熱心に耳を傾けていたかのように続ける。

「ですから皆様が一堂に会して話し合うことが必要なのです。それも気分が高揚する場で」

言いながら腕にそっと触れ、素早く感情の触手を伸ばして彼の感情を軽く弾いた。小さく肩を揺らした相手が、言いかけた文句を呑み込んで目を見開く。

「いかがでしょう。私を助けると思ってご協力願えませんか」

「あ……いや……まあ……」

甘えるように微笑むと、その笑顔に見惚《みと》れていた老人が頷いた。

「そこまで言われると、無下にはできませんな」

さっきまでぶちまけていた不平不満など綺麗に忘れてだらりとやにさがる。

「良かった。あなたならご承諾頂けると信じておりました」

ベルトコンベアを流れる機械に正確に部品を組み込むように会話を終わらせ、極上の笑みと婀娜《あだ》っぽい視線を残してカイがひらりと身を翻した。

「スゴイわ！」

「――――っ!?」

ドアを締め、数歩行ったところで柱の影から声をかけられて、カイは思わず立ち止まった。

胸元辺りから見上げてくる大きな瞳と赤い髪。

「リリアン！」

「あっという間に丸め込んじゃったわね。カイさんってホント、凄腕《すごうで》の外交官だわ」

「カイで結構ですよ」

意識の殆どを自分の内側に向けていて少女の気配を察することが出来なかった驚きを隠して、きらきらと目を輝かせるリリアンに微笑み返す。

「公邸に来るなんて珍しいですね。どうしたんですか？」

「うん……、ちょっとね……」

僅かに膝を折って目線を合わせると、口籠もったリリアンが視線を廊下の向こうに流した。

「――？」

「いいの！　なんでもない！」

彼女の視線を追って自分が来た方向、今は使節団の半分に提供している部屋の並ぶ廊下を振り返るカイに、リリアンが急いで首を振った。カイを見上げて身を乗り出す。

「そんなことより、あんな気難しそうなオジさんをあっさり納得させちゃうなんてさすがね」

「……聞いてたんですか」

「ごめんなさい。聞こえちゃったの」

僅かに咎《とが》める口調になったカイにちろりと舌を出して、リリアンが肩を竦めた。

しっかりしたセキュリティで外部と区切られているため、この区画は木と漆喰の昔風の建物そのまだ。近代的な防音設備は整っていないが、壁もドアも重厚な作りで話し声が漏れるようなことはない。もしリリアンが彼らの会話を聞いたとしたら、それはドアにぴったりと張りついて耳を澄ませていたのだろう。

片眉を吊り上げたカイに、リリアンが悪戯っぽく笑った。

「……盗み聞きしたこと、パパには言わないでね」

「了解しました」

全く悪怯《わるび》れないリリアンに、カイは苦笑するしかない。

「どこへ行っても構いませんが、ここに居る人達は少し神経質になっていますから、あまり顔を合わせないほうが――」

一応は教育的指導をしておこうとしたカイが言葉を途切れさせた。大きな瞳で彼を見上げ、自分の話が全く耳に入っていない様子のリリアンに眉を上げる。

「どうかしましたか？」

「……まったく、イヤになっちゃうわ」

ほう、と息を吐いたリリアンが小さく呟く。

「リリアン？」

「だって、ホントに綺麗なんだもの」

掛け値なしの感嘆。見つめる視線は憧憬と賛嘆と、そして微かな嫉妬を含んで熱っぽく輝いていた。

「……………」

自分の唇が歪むのが判って、カイは少女から顔を背けた。

容姿を誉められるのは日常茶飯で、いまさら何の感慨もないが、少女の無垢《むく》な瞳には、昨夜の自分のあさましさや薄汚さが映し出されてしまうような気がしたのだ。

「綺麗って言われるの、嫌いなの？」

勘の良い少女が眉を寄せる。

「……そうですね、あまり……好きではないようです」

特にあなたには。言わなかった言葉を苦笑に隠して頷く。

「どうして？　私がカイみたいだったら凄《すご》く嬉しいのに」

「私は女性ではありませんから」

「そうなの？　よくわかんない」

当たり障りのない言葉を返すカイに、リリアンが真面目に首を捻った。

「でも、凄く素敵よ。特にその万華鏡の瞳《カレイドスコープアイ》！」

伏せた瞳を覗き込んで、うっとりとため息をつく。

「綺麗なだけじゃなくて、一瞬で色が変わるのね。いくら見てても飽きないわ」

「ふふ……、ありがとうございます」

「いいなあ、私も月人《ルナン》だったら良かったのに」

「それは――――っ」

息を詰めたカイに、リリアンが目を見張った。

「あっ！　また変わったわ！　銀色と紫色！」

鮮やかな変化を魅入られたように見つめながら、リリアンが眉を寄せる。

「――とっても素敵だけど、なんだか息が苦しくなるわ。……ねえ、どっか痛いの？」

「…………」

これだから子供は苦手だ。カイは思う。

少女の素直な視線は心の底を真っすぐに覗き込んで、飾りを一切つけずにそこに有るモノをそのまのカタチで映し出す。妙な詮索や余計な深読みをしない瞳に映るのは、裸のカイそのものだ。

――そう、まるで三四郎のように。

カイは折っていた膝を立てて身体を起こした。バイザーを取り出して万華鏡の瞳を覆う。

「隠しちゃうの？　もったいない」

自分がカイの中に巻き起こした漣《さざなみ》のことなど知らないリリアンが唇を尖らせる。

「他の誰かを羨むことはありませんよ」

年相応の幼さを見せたリリアンに、カイは自嘲にならないよう注意深く微笑んだ。

「あなたはあなたのままで、充分可愛いんですから」

「可愛いって言われるの、嫌い！」

ぷっと膨《ふく》れたリリアンがカイを睨んだ。

「大人を誉めるとき、可愛いって言わないでしょ⁉　だから私は、綺麗って言われたいの‼」

「もう少ししたら、誰もがあなたにそう言いますよ。それは保障します」

リリアンの過激な反応に面食らったカイが、勝ち気な瞳に微笑を深くする。

「しかし、今は可愛いというのがあなたに相応《ふさわ》しい誉め言葉です」

「それって子供っぽいってことじゃない！」

拳を握ったリリアンが力説する。

三四郎なら子供っぽいのではなく子供そのものなんだと鼻で笑うところだが、カイには子供だと言われたくない少女の気持ちが理解できる。

カイは改めてリリアンを見た。全体にレトロな薔薇がプリントされた淡いアイボリーのワンピースに、ワンピースより少し濃い色の無地のボレロ。緩いフレンチブレードに編まれた赤い髪。

いつもは明るいパステル調の色合いにレースを多用した可愛らしさ最優先の装いだが、今日は全体的にシックにまとめている。艶やかな赤毛にレースが編み込まれているのは、あくまで愛らしさを主張したい父親と、大人っぽく見られたい少女の精一杯の妥協なのだろう。

年令以上に優秀な頭脳に幼い外見が釣り合わないのが不服なのだろうか。カイにはリリアンの少女らしいプライドが微笑ましい。

そんな気分は表情にも表れて、カイは彼らしくない優しい笑みを浮かべた。

「子供の時間は大人に比べるとずっと短いんです。それを充分楽しんでから綺麗になっても遅くありませんよ」

「………私、綺麗になる……？」

今までの威勢のよさはどこへやら、きゅっと唇を結んだリリアンが不安そうにカイを見上げた。

「はい、とびきりの美人になります」

お世辞を一片もまじえずにカイが頷く。

「カイみたいな？」

「いいえ、私のようにはなりません」

期待を込めて見上げる少女を見つめて、カイがゆっくりと首を振る。

リリアンは絶対に私のようにはならない。暗い影を引きずり、淫靡な匂いを身体から立ち上らせて、沁みだす毒で自分も相手も侵《おか》してゆく、夜にだけ咲く花のような人間になってはいけない。祈るようにそう思った。

「私など足元にも及ばない、母上によく似た豪華な美女になりますよ」

「……カイになれないのは残念だけど、ママに似るならまあいいわ」

様々な想《おも》いを込めたカイの言葉を注意深く聞いていたリリアンが、小さく頷いて肩を竦めた。

「それに、カイが本気で言ってるのも判るもの」

「私は真実を言っています」

「そのようね。少なくとも、あなたはその場しのぎのお世辞で私を誤魔化そうとしてないわ」

リリアンは真っすぐにカイの目を見つめて言った。

不透過のバイザーをものともしない視線。三四郎にしか出来ない芸当だと思っていたことを、目の前の少女は苦もなくやってのけている。

――おそらく、これはある時期の子供ならではの能力なのだろう。大人には見えないモノを見ることの出来る子供の目。大人の嘘や欺瞞《ぎまん》を見抜く眼力。それは少女が大人になる課程で大好きだった玩具の隠し場所を忘れてしまうように失ってしまう、幼さという魔法だ。

だとすれば彼は？

カイはバイザーを通してかちりと視線を合わせてくる三四郎を思う。他人の感情にはとことん鈍いくせに、見えないはずの色まで読み取ってしまうあの目は？

つまり、三四郎は子供のままだということか。

カイは苦笑を噛み殺した。私はまた、三四郎を買い被っていたのか。勘が鋭いのだとばかり思っていたがそれは考え過ぎで、単に子供の魔法を失わないくらい幼いということか。

「ふふ……」

「何がおかしいの？」

「――いえ、あなたが大人になったところを想像したんです」

きょとんと見上げるリリアンに、素早く意識を切り替えて極上の笑みを返す。

「お父上がさぞ気を揉むだろうと思ったら、つい」

「――そうね、パパは問題ね……」

父親の溺愛ぶりがいずれちょっとした騒ぎを起こすことは容易に想像できて、リリアンが難しい顔をしてため息をついた。

「パパったら、私がダンスを申し込まれただけで気絶しちゃいそう」

「ふふ……。ならば、社交界にデビューするとき、是非私にエスコートさせてください。私が相手なら、お父上も許してくれますよ」

「ホント!? 嬉しい!! ――でも、私が大人になる頃には、カイはもうナイスミドルになっちゃってるわよね……」

「ご心配なく。私は少なくともあと百年はこのままです」

「え？　――あ！　そうね!!」

月人《ルナン》独特の特性を思い出したリリアンが大きく頷いた。月人《ルナン》の寿命は標準人種の二倍以上、そしてその殆どの年月を、若々しい青年の姿を保つことが出来るのだ。

「凄い！　王子様にエスコートしてもらえるのね！　そんな女の子いないわ！」

「私でよろしければ」

「約束よ!!」

頬を上気させたリリアンが小指を立ててカイの前に差し出した。

一瞬なんのことか判らなかったカイは、すぐに地球の風習を思い出した。指切り。約束の儀式だ。

真剣に彼を見上げるリリアンに頷いて、彼女の小さな指に小指を絡める。

「約束です」

口の中で小さく呪文のようなものを唱えながら絡めた指を上下に揺するリリアンと目を合わせ、カイは大真面目に誓った。

「――あ！　もういいわ!!」

視線を上げ、カイの肩越しに前を見たリリアンが、小さく叫んで指を振りほどいた。

「――？」

少女の慌てた様子に振り返ると、長い廊下の端に人影が。遠目にも大柄なのが判る堂々たる偉丈夫が、ちょうど角を曲がったところだった。

ちらりとリリアンを見ると、少女は片手でついてもいない埃をスカートから懸命に払い落としながら、もう一方の手で髪のほつれを直そうとしている。

――――なるほど、そういうことか。

リリアンが可愛いのではなく綺麗になりたい理由、子供に見られるのを本気で嫌がる理由がこちらに歩いて来るのに、カイは綻びそうになる唇を引き締めた。

少女は彼を待っていたのか。彼がここに来るのを聞き付け、精一杯装いを凝《こ》らして、滅多に足を向けない公邸へ出向いて来たんだ。

相手は廊下の反対端にいる自分達にまだ気づいていない。顔を伏せ、いかにも気乗りのしない様子でのろのろと歩く男にリリアンが焦れているのが判る。

「レ――――」

「だめ！」

少女を手助けするつもりで口を開いたカイを、リリアンが圧し殺した声で制した。

「先に気がついたって思わせたらダメ！　あっちが気がつくのを待つの！」

「……了解です」

幼い少女とは思えない高等技術に内心舌を巻きながら、カイが小さく頷く。

人の気配を感じたのか、男がふと顔を上げた。

「長官代理、――――と、リリアン」

男が廊下の端に佇む二人を呼んで足を止めた。カイを苦手にしているのを隠さない大佐が一瞬逃げかけ、彼の隣に立つリリアンの笑顔に諦めたようにこちらに歩いてくる。

「こんにちは、レックス大佐」

先にカイを呼んだことにきゅっと唇を嚙み、次の瞬間、リリアンが澄まして挨拶をした。

「また呼び出されましたか」

大佐が小脇に抱えた捜査資料に目を止めたカイが苦笑する。

「まったく！　何かあったらこっちから出向くって言ってるのに、やたらと呼び出してくれますよ！」

返事の代わりに鼻を鳴らして、厳つい顔の大男が盛大に顔を顰めた。

「それも一度にまとめて聞こうってんじゃない！　全員が一人ずつ部屋に呼ぶんですからね！」

「で、何か進展がありましたか？」

苦り切る大佐に同情するように頷いて、カイがそれとなく大佐の顔を窺う。

「このシケたツラを見れば、状況は判るんじゃないですか」

さすがに大佐は警備のプロだ。彼は部外者（だと思っている）に捜査情報を明かす気はないことを遠回し告げて、改めてカイを見た。

「……事件のあったとき、長官代理も大使館におられましたね……」

「はい。ドクターの部屋に」

カイが澄まして頷く。

「事情聴取でも言いましたが、リリアンが閉じこめられたときも爆発のあったときも部屋から出ませんでしたから、残念ながら何も目撃しておりません」

「…………」

大佐が黙ってカイを見つめる。無言の凝視にこちらがどう反応するか探っているのだ。これが彼の捜査のやり方なのだと判ったが、質感のある重い視線にもカイは動じない。

「――たしかに、カメラの記録によると、あなたと副参事官が部屋から動いていないことは判明しています」

調べた人間全てをビビらせた視線が通用しないことに微かな苛立ちを見せながらも、大佐はカイも捜査対象だったことをはっきりと伝える。いっぽう、愛想の良いポーカーフェイスという高度なテクニックを会得しているカイの微笑は些《いささ》かも崩れない。

キツネとタヌキの化かし合いのようなやり取りに居心地の悪い思いをしているのは、心配そうに二人を見上げるリリアンだけのようだ。

「私とドクターが部屋にいたことは、副大使が証言してくれたはずです」

「ああ、ちゃんと聞いてます」

醜態を曝した副大使がどういう説明をしたものか、大佐が嫌そうに顔を顰めて頷く。

「それから、ミスター陶も来ましたよ」

さり気なく付け足すと、大佐の顔が僅かに強張った。

「――ああ、あいつね」

「何か不都合でも？」

「いや、こっちの事情です」

今度はカイが黙って見つめる番だった。

カイの視線に負けたというより、愚痴を零すくらいなら捜査に関係ないと思ったのだろう。大佐が口をへの字に曲げて頭を掻いた。

「いやね、なんでも偉い人に命令されたとかで、ちょこちょこ動き回ってるんですよ。行く先々で出くわすんで、目障りというかなんというか……」

ははは……。乾いた笑い声を上げて、大佐がそう言えばという顔をした。

「三日後にパーティーをなさるそうですね」

「ええ、ごく私的なものですが」

「俺も招待してもらえませんかね」

「それは……」

渋るカイに、大佐が一歩踏み出す。

「どいつもこいつも俺を呼び付けてあいつが怪しいこいつが怪しいと言うばかりで、お互い顔を合わそうともしないんでね。勢揃いしたところで奴らの顔をじっくり見たいんですよ」

「捜査に協力するのはやぶさかではありませんが、これは一種の和睦というか、大使館を離れて改めて皆様に歓談していただこうと計画したものですので……」

腕利きの大佐がいれば何かとやり難くなる。やんわり断ろうとするカイに、大佐が更に詰め寄った。

「観察するだけで捜査はしません。奴らの顔を見たら、あとは旨い酒を飲んでおとなしくしてますよ」

「そうですねえ……」

簡単に頷くことは出来ないが、ここで断れば余計な疑いを招くかもしれない。考え込んだカイが、ちらりとリリアンを見た。

大佐には来てほしいが作戦上彼の存在が邪魔になることを承知しているリリアンは、どちらの味方も出来ない。大きな瞳にもどかしさと期待を込めてカイを見上げる少女に、カイは覚悟を決めた。

「では、リリアンのエスコート役ということでご招待しましょう」

「えっ!?」

「そりゃあ名案だ！」

リリアンが小さく叫び、大佐が嬉しそうに頷く。

「可愛い女の子を連れてればカモフラージュになるし、ガタイのいい博士の近くにいれば俺の図体も目立たないで済むな」

「その代わり、彼女の傍を離れないでくださいね」

破顔する大佐にカイが念を押す。

「皆様にここしばらくの憂さを晴らし、羽目を外して頂くのが目的のパーティーなので、いささか風紀が乱れるおそれがあります。教育上問題のある場面から彼女をガードしてください」

「俺はいいが、そんな場所に子供を連れて行くってのは感心しないな……」

大佐が顔を顰める。

「ただのパーティーでしょ！　私は平気よ！」

女の子だとか子供だとか、彼女の癇《かん》に障るワードの連発が面白くない少女が勝ち気に言い返した。

「では、早速手配しましょう。リリアンをよろしくお願いします」

少女の剣幕に困惑している大佐に微笑むと、カイはリリアンに向き直った。

「リリアン、大佐から離れてはいけませんよ」

膨れっ面の少女と視線を合わせてウインク。バイザーの奥の目は大佐には見えないが、リリアンには見える。そして利発な少女は、カイの言いたいこともしっかり理解した。

大佐はあなたのお守りのつもりですが、あなたが彼を監視するんです。大佐にくっついて、彼のすることをしっかり見ていてください。

一瞬目を見張ったリリアンが小さく頷き、大佐を振り返ってにこりと笑った。

「私から離れないでね。それと、私をエスコートするなら軍服はダメよ」

「軍人の第一礼装は軍服だぞ」

「タキシードでなきゃ嫌！」

「おいおい、俺はタキシードなんか持ってないぞ」

「借りればいいじゃない」

「肩幅がなあ」

楽しく議論――大佐はどうか知らないが、少なくともリリアンは楽しんでいる――している二人に一礼して、カイは彼らに背を向けた。

廊下を進み、本来の仕事場である執務室へ向かう。

唇にはほんのりとした笑み。リリアンの上気した頬や目の輝きが微笑ましかった。

少女というのは、どんなに幼くとも女なのだな。

男は大人になっても少年を引きずるが、少女は生れ乍《なが》らに女性だと何かで読んだことがある。

幼い口調や愛らしい容姿に誤魔化されてはいけない。彼女は恋をしているのだ。

そういう意味では、筋骨隆々とした逞しい大佐より、リリアンのほうが精神年齢は高い。

愛し合うということをベッドで手を繋いで眠ることだと信じている――それについては確信があった。ロードが幼い愛娘に性教育を施すとは思えないし、悪戯好きの現実主義者であるサンドラも、娘を溺愛する夫の夢を壊すようなことはしないと断言できるからだ――少女のほうが、年齢的にはずっと年上の大佐より大人びているのだ。

彼女は女性ならではの手練手管を使い、精一杯コケティッシュに振る舞って自分をアピールしている。大きな瞳にありったけの感情を込めて私はここにいる、ちゃんと見てくれと訴えている。

どんなに幼くても、それは真剣で本気の恋だ。

それが判らないのは、大佐が精神面で大人になりきれない男だからだろう。大佐も鈍い男達の一人だ。ため息混じりにそう思って、カイは思考が望まない方向へ向きかけるのにブレーキをかけた。

私に、そんな男達を批判する資格などない。

判ったような気がしていても、リリアンが感じているような恋などしたことがないのだから。

カイになる以前の自分は身体で感じることが全てで、相手がどう思うかなどどうでも良かった。興味を持った相手を操り、思うままに振り回して、焦らして楽しんでいた。

乞われれば「愛している」と口にはした。しかしそれはあくまでテクニックの一つで、その言葉が引き起こす相手の感情の波動が面白かっただけだ。

欲しかったのは一晩のセックスだけ。深く重ねるのはカラダだけ。

感情は数時間の逢瀬《おうせ》に興《きょう》を添えるスパイスの一つで、相手が発する喜怒哀楽は自分好みの味を付けて楽しむだけのモノだった。

幼かった自分はリリアンのような目で相手を見たことはない。肌を交える相手を、自分と同じ人間だとすら思っていなかった。

自分が満足するために利用するだけの道具。飽きたらそれでおしまいの、使い捨ての玩具だ。傲慢であさはかな少年。女でも男でもなく、心を持たないセックスドール。それが以前のカイだ。

そんな少年がドレイクを愛した。

今なら判る。それはたしかに愛だったが、その愛し方は歪《ゆが》んでいた。

彼の全てを欲しいと思った。しかし、その全ての中に彼が自分に向けた感情は入っていなかった。

ドレイクが自分に向けた優しい眼差しはたしかに愛情だったのに、自分の望むカタチではないと背を向けた。彼が言う、心からの「愛している」を信じることが出来なかったから。彼が自分を欲しがらなかったから。

父親として、肉親として愛するなんて、そんな愛情は知らなかった。理解できなかった。

身体を繋ぐことでしか愛情は成立しないと思っていた。

だから、闇雲に彼のセックスを欲した。月人《ルナン》の能力を使ってドレイクと身体を重ねた。彼がそれをどう思うかなど、考えもしなかった。

その結果が手酷い失恋だ。自分が何をしたか気づいた時には既に遅かった。

身体が引き裂かれるような後悔と自己嫌悪。それはすぐに自己憎悪に変わって、破壊衝動は内側に向かった。それを抱えて生きるためには、全てを封じ込めるしかなかった。

そして私はカイになった。

肉体しか持たず、感じることが全てだったセックスドールが、鋭い氷の針を自分に突き立て、他人との間に冷たい障壁を築いたアイスドールに変わったのだ。

その氷を砕いたのは三四郎とドレイク、そしてジュール＝ヴェルヌでの様々な経験だ。

私は変わった。しかしそれも、所詮自分の振り幅の中での変化でしかない。

今のカイは過去の全てで出来ている。

恋を知らずに恋愛《ゲーム》を遊戯と捉えてテクニックだけを覚えた少年と、人を拒み、自分を憎んだ青年とが私の中にいる。

そこまで考えて、一度は封じた思考が戻ってきた。カイは諦めてブレーキを解除し、見ないようにしていた人影に焦点を合わせる。

――カイ以前とカイ、私の中の二人が考えて実行したことを三四郎は否定した。冷静な判断で月人《ルナン》として磨いたテクニックを使った私を拒んだ。

その事実は変わっていない。

何度も囁いたように、三四郎は昨夜を悪い夢として片付けてしまうだろう。次に顔を合わせたとき、あの男の態度は全く変わらないはずだ。しかし、それはあくまで三四郎の側の話だ。

昨夜のそれは、セックスではない。妙に清々しい気分ではあるが、あの男が見せたのは掛け値なしの悪夢だった。

それも、立ち去ってくれと何度も繰り返した懇願を拒んだことでカイを傷つけ、男としての反応を全く見せなかったことで生粋の月人《ルナン》であるカイ以前の少年も傷つけた。

あれが彼の善意なのは百も承知だ。限界に達していた不安やストレスを一気にあふれさせることで、私は昨夜を切り抜けた。

それでも、複雑な痛みを胸に抱え込んだ事実は変えられない。

私は三四郎ほど器用ではない。カイは唇を噛み締める。

あの男のような割り切り方は出来ない。

今のこの気持ちだって、目の前に三四郎がいないからこそのものだろう。

彼の姿を見て、同じ気分でいられる自信はない。殆ど足音のしない歩き方や独特の身体の配りを目にしたら、乾いた絶望が湿度を持って、身体にまとわりつくかもしれない。笑い声を聞いてしまったら、惨めさに搦め取られ、そこから逃れるために三四郎を憎んでしまいそうだ。

三四郎に会うには時間が必要だ。強い覚悟も。

「ふ……」

自分に言い聞かせるように呟くと、噛み締めていた唇が苦笑に引き攣った。

そういう意味では、今の状況が有り難い。煩わしくて面倒なものでも、仕事に没頭していれば時間は過ぎてゆく。目の回るような忙しさは、内側に目を向けない理由にもなる。

今カイがやっているのは外交的な仕事だから、三四郎はタッチできない。オフィシャルな立場で行動している限り、会う機会すらない。

時間に追い立てられるように動き回っている身では、三四郎のいるプライヴェートエリアに足を向けるのはぎりぎりの睡眠時間を確保するための僅かな時間だけだ。

会わないのではなく会えないのだ。言い訳だと充分承知で、カイは自分を納得させる。

彼の身辺のことはアントナンに任せたから、次に会うのはパーティー会場ということになる。

彼はドクター凱として出席するのだから、私も彼のパートナーを演じればいい。沢山の人間に囲まれた公式の場で、私的な話が出来ないのも好都合だ。

パーティーは三日後。三日間の猶予。

時間を稼ぎ、覚悟を決めるんだ。

そうすれば、次の計画が動きだすときには真っすぐに三四郎の目を見られるようになる。

昨晩を悪夢として、忘れたふりも出来るだろう。

三四郎は変わらないのだから私の気の持ち方一つだと考えて、カイはふと顔を上げた。

あの時………。

視線を漂わせて、昨夜の最後の記憶をたどる。

三四郎は何か言っていなかったか……？

私が意識を手離したのをを知りながら、私に向けて話しかけていたような気がする。

囁く声の優しい、どこか苦しげな響きはうっすらと覚えている。

しかし何を言っていたのかまでは判らない。

「――――……」

カイは形の良い眉を寄せて考える。いくら記憶を探っても、そこから先はぼんやりと霞がかったやわらかな闇があるだけだ。

「――無駄、か……」

低く呟いて、カイはそれ以上の追求を諦めた。あの状態の自分に、思い出せというのが無理な話だ。

それもまた、夢の名残だ。

カイは一つ息を吐いて顔を上げた。

執務室は目の前だ。大量の日常業務と厄介な折衝と、神経を磨《す》り減らす裏工作に忙殺される一日が始まる。

気を抜くな。気持ちを切り替えろ。カイは自分を叱咤する。

既に作戦は動きだしている。覚えていないことに煩わされている暇はない。

三四郎がくれたプラスのエネルギーを推進力に、これからを乗り切ることだけを考えろ。

顎を引いてバイザーを取る。これが彼なりの戦闘開始の合図だ。

背筋を伸ばし、視線を真っすぐ前に据えて、カイは執務室のドアを開けた。


――カイは、三四郎が彼が思うほど強くも鈍くもないことを知らないまま、自分の戦いに身を投じようとしていた。

「――もういいでしょう」

珍しく顔を出したと思ったら、一度も腰掛けずにふらふらと動き回っている男を目で追っていた凱が、ボタンを押してベッドを起こした。

「うろつくのをやめて、そろそろ本題に入ったらどうです」

豪華な客間を設備の整った病室へと替えた部屋の主人《あるじ》が、リクライニングに身体を預けて胸の上で手を組む。

「せっかく見舞いに来てやってのに、そーゆー言い方はないだろ」

ちっともじっとしていない男、三四郎が、壁にかけられた総刺繍のタペストリーを気のない様子で眺めるのをやめて、横目で凱を睨んだ。

「見舞いというのは療養中の人間を慰撫《いぶ》することを言うんです。ところが兄さんは部屋の中をうろうろと彷徨って僕の安静を妨害している。精神衛生の観点で言えば、これは見舞いとは言いませんね」

「う………」

きっぱりと言い切られて、三四郎が言葉に詰まった。それを平然と眺めている凱に舌打ちをすると、つかつかとベッドに近寄る。

「これでいいだろ！」

どすんと椅子に腰をおろし、偉そうにふんぞり返った。

「結構」

三四郎が睨もうが拗《す》ねようが屁《へ》でもない凱が、鷹揚に頷いて片眉を上げた。

「で、何の用です？」

「だから見舞いだって！」

「兄さんが？　僕を？　わざわざ？」

「することがなくて暇なんだよ！　それと、兄さんはやめろと言ってるだろ！」

滴《したた》りそうな不信の念を込めて自分を見る凱に、威嚇するように犬歯を剝き出す。

凱はそれに無言で応えた。

黙って見つめる視線を、三四郎が強気に睨み返す。奇妙な睨み合いは最初こそ互角だったが、三四郎はすぐにもぞもぞと身動ぎ始めた。

三四郎が居心地悪そうに脚を組んだり降ろしたりするのを、凱は余裕たっぷりに眺めている。外交問題を専門に扱う凱にとって、無言の攻防は日常茶飯事だ。もともとお喋りで落ち着きのない男が相手ならば、勝負は最初から決まっている。

「三四郎」

ムキになって視線を逸らそうとしない三四郎をいじめるのも面白いが、自分と同じ顔を見ているのもそろそろ飽きてきた凱が、年下の兄の名を呼んだ。

「僕に、何の、用だ」

「――――くそっ!!」

三四郎がついに降参した。低く吐き捨てて、髪の毛をくしゃくしゃと掻き回す。

「これだから、おまえのトコへ来るのはヤなんだよ！」

「その言葉は心外だな。僕が来てくれと頼んだ訳じゃない」

「あーもう！」

落ち着き払った相手に一声叫んで、三四郎が乱れた髪の間から凱を睨んだ。

「凱、まだ動けないのか？」

「おや、僕の病状を気にしてくれるのか？　やっと見舞いらしくなってきたな」

「皮肉はいい。どうなんだ？」

気短かに問い質す三四郎に、凱は包帯に包まれた左肩にそっと触れた。

「太い血管はほぼ回復した。神経も繋げたが、まだ麻痺は残っている。移植した筋組織が再生しなければ、この腕は上がらない」

簡潔に説明して、今度は両手を開いてみせる。

「皮膚の移植は成功だ。外見上、傷は殆ど残っていない。だが、熱傷は真皮まで達しているんだ。感覚が戻るには時間が必要だ」

「傷自慢なんか聞いてねえよ。結果だけ言えって」

焦れったげに急《せ》かす三四郎に苦笑して、凱が身体に繋がれた数本の管に視線を流した。

「おいおい、大量の輸血や各種組織の移植は大手術だったんだぞ。本来ならば、絶対安静で面会謝絶の身なんだ。今のところ、生命維持装置と僕は相思相愛の仲なんだよ」

「それで？」

傭兵相手にどれほど重傷だったか訴えても無駄だと気づいて、凱はため息をついた。

「メディカルコンピュータの診断では、退院まで四ヵ月だそうだ」

「今は大体二ヵ月、ってとこはあと二ヵ月!? そんなにかかるのか!?」

「狙撃直後はコンピュータが致死率64パーセントと診断したんだぞ。今の状態は驚異的だ、学会報告モノの回復力だと感心されているんだよ」

「へっ！ その程度で威張るなよ」

鼻で笑った三四郎がくしゃりと顔を歪めた。腿に肘をついて背中を丸める。

「じゃあ、動くのは当分無理ってことか………」

「そんなに嘆いてくれるなんて感激だな、心配してくれてありがとう」

悪戯っぽく唇を吊り上げた凱の軽口に、三四郎は乗ってこなかった。

大きく息を吐いて視線を下に落とす。そのまま動かなくなった三四郎に、凱が眉を寄せた。

「どうした？ 何か問題でもあるのか？」

「………」

問題があるに決まっている。無言の三四郎に、凱はようやく真顔になった。

そもそも三四郎がここに居ること自体が妙なのだ。誰かに命令されでもしない限り、凱の傍に近づこうとしない男がわざわざ自分を訪ねたということは、厄介な問題が持ち上がっていることに他ならない。

「僕はテレパスじゃない。言わなければ判らないぞ」

「――俺、そろそろここを出たいんだ……」

促す凱に、三四郎が顔を上げずに呟いた。

「なんだって――っ!?」

思わず身を乗り出した凱が、苦痛に顔を歪めた。

「いや、出たほうがいいと思うんだ」

「…………」

今度は凱が黙り込む番だった。

左肩を庇いながらゆっくりとベッドにもたれ、俯く兄の乱れた長髪を見つめる。

「――作戦は十日後だぞ」

「判ってる。それはちゃんとやる」

「成功しても失敗しても、事態は大きく動く。その後は向こうの出方次第だ」

「それも判ってる。だけど、そこから先は凱の出番だ。三四郎はいらないだろ?」

「三四郎は用済みだと?」

「……」

「だから僕に替わって欲しい。そう言っているんだな」

「…………………」

「おまえは一ヶ所に居続けるのが苦手だと言ったな。月に飽きたのか？」

顔を上げない三四郎を見つめ、凱が言葉を選びながら語尾を上げる。

「……いや……、飽きた……ワケじゃ…………」

「だったら何故だ!?」

途切れがちな言葉を遮って語気強く問い質すと、三四郎はまた黙り込んだ。

「────カイ、だな」

重い沈黙を、凱の低い声が破る。それは疑問ではなく断定だった。

三四郎の肩が小さく跳ねた。一瞬握り締められた手が、足の間に力なく垂れ下る。

「なんで今更？」

凱が眉を寄せる。

「あの後も、少なくとも外見上は普段と変わりなくやっていたじゃないか」

三四郎が鋭く凱を見た。

その言葉と表情で、凱が少し前にカイと自分の間にあった出来事を知っていることが判ったのだろう。気詰まりで面倒な説明を省《はぶ》ける安堵に、強張っていた肩が僅かに力を抜く。

「……あれが原因じゃない……いや、あれが大本《おおもと》かもしれないが────、問題なのはその後なんだ」

「そんな曖昧な言葉では、何も説明していないのと同じだぞ」

要領を得ない三四郎に、凱の声が尖る。苛立ちを滲ませる凱に、三四郎が何度か言い淀《よど》んだ後、ようやく口を開いた。

「………あいつ、俺を怖がってるんだ……」

「カイが？　まさか！」

声を上げた凱に、三四郎が首を捻る。

「うん……怖がってるのとはちょっと違うかな……。怯えてる？　……違うな……、くそっ！　うまく言えねえよ！」

最後は癇癪を起こして、三四郎が荒っぽく吐き捨てた。

「ほんの些細な動作なんだ。たぶん、傍で見てても判らないと思う。何か用があって俺の傍に来る時一瞬身構えるとか、俺が近寄るとほんの僅かに身体を強張らせるとか、俺が呼びかけた瞬間、逃げ場を探すように視線が泳ぐとか。そんなことだ」

「気がつかなかった……」

凱が難しい顔で呟いた。

「カイも気がついてないぜ。たぶん、無意識なんだろうな」

三四郎が苦く笑う。

おそらくそれは、三四郎にしか気づかないのだろう。カイ自身すら意識していない微かな動き。しかし、三四郎にはそれが判る。

ぼんやりと髪をかき上げる三四郎に、凱の唇が引き攣れた。

「おまえがカイを拒んだんだ、当然だろう」

「拒んでなんかいない！」

弾かれたように顔を上げて三四郎が凱を睨む。

「俺は拒んでないし責めてもいない！　カイにもちゃんと言ったぜ!!」

「カイもそう言っていた。しかし、おまえはカイから一歩引いた」

「違う！　俺は――――っ!!」

「おまえはカイの鼻先にドアを叩きつけた。なのに『拒まなかった、責めなかった』と繰り返す。それがどんなに残酷なことか、おまえには判らないのか？」

三四郎の言葉を遮って、凱が睨み返す。

「押せば開く、鍵はかかっていない、入ってきても構わない。どうするかはそっちの問題だ。そう言って、おまえはカイを閉まったドアの前に置き去りにしたんだ」

「それは……そうかもしれない…………」

凱を睨んでいた視線が頼りなく揺れて、語尾が唇の中に消える。一瞬項垂れかけた三四郎が、ぐっと唇を引き締めて凱と視線を合わせた。

「だけど、似たような場面に出くわしたら、俺は何度でも同じことを繰り返すぜ」

「後悔はしていないと？」

「マズいことになったとは思ってるよ。だけど、それは後悔と違うだろ」

頭の中を覗き込むような凱の静かな視線を、三四郎のきつい眼差しが弾き返した。

「――納得は出来ないが、おまえの言い分は判った」

なおも三四郎を見つめながら凱が頷く。

「これはあくまでカイの側の問題で、自分は巻き込まれたんだと言うんだろう？　カイが仕掛けたことにアクションを起こしただけで、自分だけが責められるのは不公平だと」

「そこまでキツく言うつもりはないが、まあそういうことだ」

彼の心理を容赦なく纏め上げる凱に三四郎が顔を顰める。渋い顔をする三四郎を見つめて、凱がゆっくりと頷いた。

「そういう部分は確かにある。カイが加害者、おまえが被害者だ。だが、その被害者が、なんでそんなに縮こまっている？　おまえが悪いと言い放って、胸を張っているべきだろう？」

言葉だけ見れば三四郎を肯定しているが、凱の口調には明らかな刺《とげ》がある。むっと凱を睨みはしたが、三四郎は言い返さない。

その顔に視線を据えたまま、凱がリクライニングから背を浮かせた。傷を庇いながら身を乗り出して、彼我の距離を詰める。

「いつものおまえなら、考えるのはそっちの役目だと言ってカイに丸投げしているはずだ。なのにおまえはひどく考え込んでいる。――もう一度同じ質問をするぞ。なんで今更？　あれから何があっ

たんだ？」

「………っ」

意地になった子供のような顔がくしゃりと歪んで、三四郎が視線を逸らした。

「――たぶん、俺はひどくカイを傷つけたんだ……と……、思う……」

「それは判っている」

「違う！　そのことじゃなくて……いや、結局それが問題なのかもしれねえけど……っ、とにかく、カイが一番傷つくやりかたであいつを――っ……」

唇を噛んで、三四郎がくしゃくしゃと髪を掻き回した。

「俺はカイに、月人《ルナン》のプライドを持ってないって言ったんだよ、なのに、その月人《ルナン》としてのプライドを手酷く傷つけちまった……気が……するんだ……」

「何を……言っている？」

凱が眉を寄せる。彼には三四郎の言っていることが判らない。

はあ。肺の中の空気を全部吐き出すようなため息をついて、三四郎が乱れた髪の間から凱を見た。

「――なあ、おまえ、カイを見て勃起《た》つか？」

「はあ？」

唐突に、それも大真面目に問いかけられて凱が面食らう。

「それは……、ＴＰＯによると思うが……」

「じゃあ、その気になったカイが腕の中にいたら？」

「真剣な話をしていたはずなのに、なんで突然僕の男性機能が問題になるんだい!?」

「いいから答えろ！」

「当然だろう!!」

本来ならば薄笑いを浮かべて話すべき猥談《わいだん》を、座った目付きで彼を睨み、突っ掛かるように問いかける三四郎の剣幕に、凱が思わず叫び返した。

「カイは月人《ルナン》だ！　いや、月人《ルナン》だろうとなんだろうと、カイはカイとして魅力的なんだ！　異性だろうが同性だろうが、彼の魔力に逆らえる人間はいない!!」

「――――だよなぁ……」

先程の威勢の良さはどこへやら、三四郎が背中を丸め、空気が抜けるように萎《しお》れた。

「それが普通なんだ。っていうか、当たり前なんだ………」

小さく丸まってしまった三四郎に凱が目を見張る。

ようやく意味が判った。これは自分の男性機能の問題ではなく、三四郎の男性機能の話だったのだ。

「――――おまえ、反応しないのか……？」

頷く代わりに、三四郎が更に項垂れる。

「抱かないのではなく、抱けない……？」

「ああそうだよ！」

普段の彼らしくもなく、妙に遠慮がちに訊ねた凱に、三四郎が自棄気味《やけぎみ》に叫んだ。

「くそっ！　俺はまだ若いんだぜ！　ぴっちぴちの嫁入り前だってのに、なんでインポなんかに!!」

「嫁入り前………」

凱がぽかんと口を開けて三四郎を見た。

「…………おまえ、嫁に行く気だったのか……？」

「まさか！　行かねえから嫁入り前って言ってんだ！」

「成程、そういう論法で言えば、僕も長いこと嫁入り前だな」

感心半分、呆れ半分に頷いた凱が、はっと我に返って三四郎を睨んだ。

「そもそも『嫁』に男性機能は必要ないだろう!?　妙なジョークで誤魔化さないで、ちゃんと説明するんだ！」

「――ヤバイんだ……」

見据える凱の前で、三四郎が肩を落とした。

「俺、すっげぇ興奮してたんだぜ。前のゴタゴタなんかふっ飛んで、頭に血が上って、息が早くなって、もうヤる気満々でさ……」

頼りない声で言って、小さく首を振る。

「――なのに、全然ダメなんだ……」

勃起《た》たねえんだよ。力なく呟いて、もう一度ため息。

「ストレスだな」

あっさりと言い放って、凱が胸の上で手を組んだ。

「傍迷惑なくらい図太い男だと思っていたが、おまえも人間らしい繊細さを持ち合わせていたということだ。安心したよ」

「他人事《ひとごと》だと思って！」

「そう、僕にとっては他人事だね」

「俺のコカン、いや、コケンに関わることなんだぞ!!」

「この場合、股間でも沽券《こけん》でも意味は通じるな」

頷く凱の唇が皮肉に歪む。

三四郎にとっては人生初の大問題かもしれないが、凱の感想は『いい気味だ』の一言に尽きる。本当なら手を叩いて高笑いしたいところだ。

しかし、そこにカイを加えると話は違ってくる。凱は薄笑いを消して唇を引き締めた。

「月人《ルナン》のプライドを貶めたと責めたおまえが、全く反応しないことでカイの月人《ルナン》としてのプライドを傷つけた、と。成程ね、そういうことか」

噛み締めるように呟いて顎を引く。

凱は三四郎のことなど考えていない、彼の下半身事情などはっきり言ってどうでもいい。

だが、カイの受けたダメージ、その後の作戦に与える影響を考えると、放っておくことは出来ない。

月人《ルナン》にとって、セックスは呼吸と同じだ。他人種のそれとは意味合いが違う。それはカイのＤＮＡにもくっきりと刻まれている。

カイは月人《ルナン》のそれを疎ましく思い、必死になって否定しているが、そこまで思い詰めること自体が、彼にとってセックスが大きな意味を持っているということに他ならない。

カイが望もうが拒もうが、月人《ルナン》と快楽、快楽とセックスは一直線に繋がっている。

それが三四郎に通用しなかった。男としての反応を見せなかった。これがカイに及ぼす影響ははかり知れない。

アドミラル・ドレイクに拒まれたカイがどうなったか。それを考えれば、事の重大さがよく判る。

以前、バディは三四郎に、恋人は自分にと言ったことがあるが、まさかこんな形でそれを真剣に考えなければならなくなるとは思いもしなかった。

「俺はただ、カイを眠らせたかっただけだ。泣かせるつもりはなかったんだ……」

難しい顔で考え込む凱の傍らで、三四郎が両手を握り締める。

「なのに泣くなんて……、あんな風に泣くなんて――っ……」

握り締めた手に視線を落として、三四郎が繰り返した。

三四郎にとって、カイの涙は自分でも思いがけないくらいのダメージだったのだ。それに衝撃を受け、途方に暮れている。

「……さっきも言ったけど、たぶん俺は何度でも同じことを繰り返しちまうだろう。マズいと判ってても、他の方法が思いつかない。――だから、俺はカイの傍にいないほうがいいと思うんだ…………」

深く項垂れ、自分の靴先に向かって話し続ける三四郎を見つめて、凱が背筋を伸ばした。

「――で？　そのマズい事態から逃げ出そうというんだな？」

三四郎の言うことも判る、彼だけを責める訳にはいかないと内心思いながらも、凱は殊更意地悪く唇を吊り上げる。

「ここじゃあカイは重要人物だ。あいつが動けないなら、俺が出て行くしかねえだろ」

「出て行くんじゃなくて、逃げ出すんだ。間違っては困るな」

「――っ」

「おまえはこれ以上カイを傷つけたくないから姿を消すと言う。それは詭弁だ。おまえはカイを傷つけるのが怖いから、傷つくカイを見たくないから逃げ出すんだ」

「……それでも、俺がいなけりゃこれ以上傷つくことはないぜ」

「自分がいなくなれば、カイはほっとするとでも思っているのか？　甘いな」

悔しげに睨み返してきた三四郎を、凱は尚も責め立てる。

「一度ナイフで傷つけたら、ナイフを遠ざけても傷は治らない。きちんと手当てをしなければ、傷口は化膿するんだ。そんな簡単なことも判らないのか？」

「自然治癒ってことだってあるだろ」

「それは程度の問題だ。おまえがカイに付けた傷は、時間さえあれば癒えるのか？」

三四郎に頷くことなど出来ないのを承知で、凱は嘲るように笑った。

「もしそんな風に思っているとしたら、僕の兄は救いようのないバカだということだな」

「………」

凱はよく動かない身体を叱咤して、精一杯身を乗り出した。

「逃げるな、三四郎」

子供っぽく歪んだ顔を真っすぐに見つめて顎を引く。

「自分の巻き起こした事態をしっかりと見据えろ」

満足に動くことも出来ないが、精神力なら互角だ。凱は逃げようとする視線を力づくで射竦《いすく》める。

「おまえが悪いんじゃない。だが、カイも悪くない。それは判るな？」

凱の視線に縫い止められた三四郎が微かに頷いた。

「これは正解のない問題なんだ。時間や距離も助けにはならない。きちんと考えて、自分なりの結論を出すしかないんだ」

「……それが間違ってたらどうするんだよ」

「正解はないと言っただろう。だから間違いというのもないんだ。要は自分が納得するかどうかだ」

ただし。言葉を切って、凱が三四郎を覗き込む。

「楽になるための言い訳だけは絶対に駄目だ。自分から逃げるな。カイからも逃げるな」

「俺にどうしろって……？」

「それは自分で考えろ」

縋るように見上げた三四郎を、凱がきっぱりと突き放した。

「その頭は飾りか？　使用頻度は著しく低いが、たしか僕と同じ脳が入っているはずだぞ」

自分で考えろ。唇の端を上げ、しかし目だけは真剣に凱が繰り返す。

「おまえがよくカイに言う言葉を、今回は僕が言ってやる」

「…………」

「おまえの腹が決まれば、カイにはそれが伝わる。それまでこの場に留《とど》まって考え続けろ。これが僕のアドバイスだ」

不安そうに自分を見る三四郎を余所に、凱はボタンを押してリクライニングを倒した。

「さて、僕も疲れてきたし、これ以上話すこともない。そろそろ出て行ってもらおうか」

動くほうの手でドアを指差す凱に、三四郎がのろのろと立ち上がる。

「今週末にパーティーがある。カイを避け続けることは出来ないぞ」

忘れていたのだろう。三四郎の肩が一瞬強張った。

「苦い薬はさっさと飲むんだ。これは医者からの忠告だ」

凱の言葉に、三四郎は何も返さない。

脚を引きずり、背中を丸めて、一回り小さくなったような姿がドアの向こうへ消えた。

「まったく、次から次へとやってくれるよ……」

閉まったドアを見つめて、凱が静かにため息をついた。

何もこんな時にと呟きかけて、こんな時だからと思い直す。

不安やストレスが、普段なら隠していることを曝け出させる。難しくなる一方の事態が焦りを生んで、ただでさえ微妙な関係に亀裂が入る。余裕のないときは、感情も思考も極端に走りやすい。

「問題なのは、どちらも悪くないということなんだ……」

胸の上で手を組んで、凱が天井を見上げる。

正解がないということは、解決策もないということだ。三四郎は上手く言いくるめたが、事はそう簡単ではない。

人間が二人いれば、そこに軋轢が生じる。関係が深ければ深いほど、ダメージは深刻だ。

「強いて言えば、人間という病《やまい》だな……」

ぼんやりと呟いた凱の唇が苦笑に歪んだ。

二人とも強烈な個性を持っている。どちらも我が侭で強気で傲慢なエゴイストだ。

強力な磁場を持っている二人は、引き合う力も反発する力も強い。それが事を一層面倒にしている。

普通の人間なら風邪で済むところを重病にしてしまっているのも、二人の強さなのだ。

「さて、どうしたものか……」

苦笑を唇の端に引っ掛けたまま、凱が一人呟く。基本的には二人に任せるしかないが、ガス抜きは必要だろう。

特にカイは。ため息をついて考える。

カイは脆い。彼の強さは硬いクリスタルガラスのそれだ。小さな亀裂で粉々に砕け散る危険を孕んでいる。

それに対して三四郎は強靭だ。たわめられても折れずに弾き返す竹の強さだ。かつてない事態に戸惑ってしょぼくれているが、弾力のある精神は傍迷惑なくらいの回復力を持っている。

揺《ゆ》す振《ぶ》るとしたら、強いほう。当然三四郎だ。

これからはちょくちょく呼び出して、容赦なくせっついてやろう。

「ふ……」

そこまで考えて、凱の唇が吊り上がった。

インポテンツ？ いい気味だ。今まで自分がどれほど恵まれていたか、奇蹟のような宝物を当然のように差し出されていたことも知らずに、いとも無造作に扱ってきた報いを思い知ればいい。

意地悪く考えて目を閉じる。

それにしても、問題が発生しているのは間違いない。

とすれば、今自分に出来ることは一刻も早く動けるようになること。戦線復帰を果たすことだ。

そのためには安静を心がけ、身体を回復させなければならない。

大事なときに身動きできない歯痒さを噛み締めながら、凱は深い呼吸を繰り返した。

6　ACCELERATION《急展開》——パーティー当日——

カイがリリアンと会話をし、三四郎が凱と気まずいやりとりをした後、三日間は何事もなく過ぎた。少なくとも表面上は。

周囲から不審に思われないよう、彼らはパーティー当日まで顔を合わせないことに決めていた。どこかに情報漏洩《ろうえい》の穴があることも判っているので、コンピュータでのやりとりもしない。連絡は取らず、各自が自分の仕事をするということで、彼らはてんでに行動していた。

それぞれの動きはこうだ。

カイは日常業務、作戦工作、動揺する使節の御守にと忙しく飛び回り、凱と細かく連絡を取って準備に専念していた。目の回るような忙しさだったが、動けば確実に成果は上がったし、目に見える形で事が進んでゆく。

次々と仕事をこなしていくのは、自分が一個の歯車になったように感じられて気分的に楽だった。余計なことを考える時間はおろか、睡眠時間も殆ど取れない状態だったが、カイはその多忙さを歓迎していた。

凱はオブザーバーに撤していた。目前に迫ったパーティーやその後の計画の相談のために度々訪れるカイに、三四郎との会話を全く知らせていない。三四郎の苦しげな表情、彼の言った言葉を胸にしまい込み、その気配すら気取られることなくカイを観察し続けていた。

凱は顔を合わせ、真剣に討議を重ねるカイの様子を慎重に見極めようとしていた。言いたいことは山ほどあったが、時期を選ばなければならないことは承知している。

カイの全く平静な態度に胸を撫で下ろし、熟練した者のみが窺い知ることの出来る、ポーカーフェイスに隠された妙に明るい表情に内心首を傾げながらも、しばらく様子を見ようと腹を決めていた。

サンドラはいつもと変わらない毎日を送っていた。同僚と明るく冗談を交わし、部下に気さくに話しかける彼女は駐屯地の人気者だ。日々教練場で汗を流し、下士官達を容赦なく痛めつけながら、その美貌を溌剌《はつらつ》とした笑顔で輝かせている。決まったルーティーンワークを熱心かつ楽しんでいるように振る舞うことが彼女に要求されていたからだ。

しかし夜になると大使館の３Ｄ映像を呼びだし、設計図を頭に叩き込んで、来るべき作戦に備えて準備を怠らなかった。

この間、一番ストレスを感じていたのは、ひょっとしたらロードだったかもしれない。

自分が立案した計画が次第に形を成してゆくことに日に日に青褪めてゆき、心なしかやつれてきていた。食が細くなり、夜中にうなされているのをサンドラは知っている。

それでも心配するより作戦を一層安全、確実なものにすることのほうが大事だと知っているのもロードだった。彼は教授としての仕事をこなしながら、悲壮な顔でコンピュータに齧り付いている。

リリアンはパーティーを目前にして浮かれていた。毎日飽きもせずに持ち込んだワードローブを点検し、どれを着ようか、何を組み合わせようかと楽しみつつ考え込んでいた。

月は流行の発信地だからお店を回ってみようか。そうなると靴も合わせなくてはならない。髪型だって重要だ。アクセサリーを付けることをパパが許すだろうか、ちょっぴりお化粧もしてみたい。

大佐はどんな服が好きだろうか、彼と並んだとき子供っぽく見られたくないと、胸を弾ませつつ頭を悩ませていた。

三四郎は。三四郎は殆ど動きがない。

終日部屋に閉じこもり、たまに外へ出るのは倉庫や備品室を漁る時だけ。あとは色々な部品を床いっぱいに広げ、工具を片手にその真ん中に陣取っていた。

時折アントナンが顔を出しても生返事をするだけで顔も上げない。うるさいくらいのお喋りは影をひそめ、借りてきた猫のように大人しいことで、逆にアントナンをビビらせていた。

大概はぶつぶつ呟いているだけだが、突然叫び声を上げたり髪をくしゃくしゃに掻き回したりするのが少し怖いと彼はカイに報告している。

エアポケットに落ち込んだような、奇妙に平穏な時間が流れていた。

そしてパーティー当日がやってきた。集合場所は凱の病室。全員が顔を合わせるのは久しぶりだ。

月公邸でのパーティーで、彼らは動くつもりはなかった。これは作戦のための前段階、いわば前振りのようなものだからだ。特別なことはせず、ただパーティーに参加するだけだ。そうでなければ、カイもリリアンの参加を承諾したりはしない。

それでも行動を開始する前の緊張は高まりつつあり、通奏低音のように不安が付き纏っていたが、今夜は単に集まってパーティーを楽しめばいいので気楽なものだ。

そのはずだった――――。

「くっそー……」

蝶ネクタイを首から垂れ下げた三四郎が、丸みのついた端を摘《つま》んで顔を顰めた。

「どーしたらこれが蝶になるんだよ！」

今夜のためにアントナンが用意した衣裳《いしょう》はタキシード。それも簡単に取り付けられるアタッチメントタイプではなく、全てが由緒正しい本物だった。

四苦八苦しながらどうにかカマーバンドは腰に巻いたが、一本の布で、その両端が瓢簞形《ひょうたんがた》に膨らんだだけのネクタイに、彼は途方に暮れていた。

僕が結びますからと言ったアントナンが呼び出されて、それきり戻ってこないのだ。

ならば自分でとごそごそとドレスシャツを着込み、タイを首に巻いてはみたが、正式な蝶ネクタイは三四郎ごときにどうにかなる代物ではなかった。

「まだ時間はあるか……」

時計を見上げて一人呟く。こんなに早く用意することはないのだが、パーティーの前に集まって、情報交換と各自の仕事の途中経過を簡単に説明することになっているのだ。

自助努力を諦め、アントナンを待つことに決めて、三四郎はジャケットを椅子に放り投げた。

「ふう……」

今日何度目かのため息。カイと顔を合わせることを思うと、正直気が重かった。

苦い薬はさっさと飲めと凱から言われていたが、結局あれから一度もカイと会っていない。しょうがない、カイの姿を見かけることもなかったのだからという言い訳は出来ない。部屋に閉じ籠もって彼から逃げていた。

自分で考えろ。

凱に言われた言葉が彼を動けなくしていた。

行動の男である三四郎は、考えることに慣れていない。彼の視線は常に前を、外側を見るように出来ていて、自分の内側を覗き込む機能が搭載されていないのだ。

多彩で強烈な感情放出力に比べて、三四郎の思考や感情に対する感受性はひどく貧弱だ。他人のことを考えるときは特に。人間の心理のごく浅いところを引っ掻くのがせいぜいで、そこから先へは進まないのだ。

完全無欠の自己肯定型の彼の辞書には『内省』という言葉は載っていない。深く自己を顧みろと言われても、やり方すら知らない。彼にしてみれば、モグラに空を飛べと言われているようなものだ。

カイに会いたいかと言われれば、矢張り会いたくない。

嫌いだとか疎ましいとかいう感情ではない。彼の感覚はもっと単純だ。自分の顔を見たとき、カイの顔に浮かぶ表情を見たくないのだ。

三四郎は強い人間が好きだ。だからカイが好きなのだ。強気に睨みつけてくる視線、激してくると赤く染まるカレイドスコープアイ、切り付けるような口調も全て、癪に障るが気に入っている。

そのカイが、自分を窺うように見るのが嫌だ。言葉を交わす前に躊躇うのが嫌だ。何かの拍子に身体が触れたとき、一瞬身を強張らせるのはもっと嫌だった。

自分は間違ったことはしていない、後悔もしていない。だが、どこか深いところで歯車が狂ったことは確かだ。

そこまでは判るが、三四郎の思考はそこで止まる。

こうやってグズグズしていれば、次に会うときはもっと気詰まりになることは、凱に言われなくても判っている。

だが、今のところ手も足も出ないというのが正直な気持ちだ。動きながら考える男が行動を奪われて、考えることすら出来なくなっている。

「俺にどーしろって言うんだよ……」

口調は軽いが、その意味するところは重い。

物理的な軟禁状態と心理的な自縄自縛が、三四郎を痛めつけていた。

「いっそ事が露見して、大騒ぎになっちまえばいいのに……」

自棄気味に物騒なことを呟いてみるが、半分くらいは本気だ。

行動すること。それは三四郎にとって生きることと同義だし得意だ。それがどんなに危険であろうと、とにかく動くことさえ出来れば彼の精神は正常に作動し続ける。

作戦に関して言えば、三四郎は心配していなかった。段取りさえ頭に叩き込んでおけば、後は身体が勝手に動くのに任せる。頭で考えるのではなく、その場での己《おのれ》の感覚を信じる。成功したらとか失敗したらとかは考えない。

自分はやることをやるだけだ。そうあっさりと割り切っているから不安も恐怖もない。

三四郎は、動いていなければすぐに錆付《さびつ》いてしまう機械のような男だ。

彼のオンとオフの切り替えは一瞬だ。一度スイッチが入れば、さっきまで考えていた事、していた事は彼の頭から綺麗に消えて、目的に向かって全速力で動きだす。

三四郎は自分の切り替えの早さを知っているし、それに自信を持っている。

だから三四郎は、もどかしさに歯嚙みしながら行動に移る時を待ち焦がれていた。

——しかし彼は、自分が否応なく動かざるを得なくなる事態が、こんな形で訪れるとは想像もしていなかった。


「三四郎さん！」

悲鳴じみた声で叫びながら、アントナンが部屋に飛び込んできた。

「助かった、やっと戻って——？」

顔を上げた三四郎が、言葉を呑み込んで目を見張る。アントナンの後ろにロードとサンドラ、そしてカイが続いていたのだ。

「何があった!?」

顔面蒼白《そうはく》のロード、きつく唇を結んだサンドラ、そして強張ったカイの表情に素早く視線を流した三四郎が、迷わずカイに問いかける。

「リリアンが……っ!!」

しかし、最初に口を開いたのはロードだった。叫ぶように娘の名を口にしたきり、ぱくぱくと口を開け閉めするだけで言葉が出てこない。

「リリアンがどうした!?」

一足飛びにロードに近づいた三四郎が、胸ぐらを掴まんばかりに詰め寄る。

「リリアンが誘拐されたの……っ！」

サンドラがロードの言葉を完結させた。必死に自分を落ち着かせようとしているのだろう。彼女の顔は強張り、硬く握り締めた拳が震えている。

「なんだって!?」

「彼女の姿が大使館から消えた」

二人をそっと押し退けて、カイが静かに進み出た。

「それだけじゃ誘拐といえないだろ」

説明を求めて、三四郎がカイを見る。

「行きそうな所は全部探したわ」

「どこにもいないんだ！」

唇を噛んで叫びたいのを懸命に怺えるサンドラと、動揺しきったロードの声が重なる。

「忘れた書類を大学に届けて欲しいというロードからの伝言を、職員の一人が彼女に告げている」

「僕は伝言なんかしていない！」

「それで？」

裏返った声で叫ぶロードを見もせずに、三四郎はまっすぐにカイに見ている。

「サンドラが彼女の部屋に顔を出したとき、既にリリアンの姿はなかった」

「代わりにこれが――」

サンドラが震える手で差し出したのは小さな紙片。

「『彼女を無事に取り戻したければ、十日間一切の行動をやめろ』…………」

そこに書かれたたった一行の文章を、三四郎が読み上げる。

「ドアの隙間に差し込んであったわ」

「――ってことは、誘拐犯は少なくとも二人いるってことだな」

消えた娘を心配する両親を前に、三四郎はどんどん冷静になってゆく。

「大使館の外でリリアンを拘束する人間と、彼女の部屋にこの紙片を置く人間。その通りだ」

三四郎の思考を読んでカイが頷く。

「監視カメラは？　爆発があってからは宿泊棟のカメラは全て作動してたはずだろ」

「廊下に二台あるが、彼女の部屋のドアが映るカメラには塗料が吹き付けられていたそうだ」

「リリアンがいないのが判って、すぐにロードが調べたの。でも、今夜のパーティーの準備で宿泊棟の人間や職員が頻繁に行き来していたから、ドアに近づいた人間を特定するのは難しいわ」

「大使館内の人間、それもカメラの位置を知っていて、リリアンの行動を摑んでいる奴の仕業か。で、リリアンが最後に映っていたのはどこだ？」

三四郎がロードを見る。

「正門だ。一人で大使館を出る姿を確認したよ……」

震える声で呟いたロードが、ふらりとよろけて椅子に沈み込んだ。頭を抱えるロードの震える肩に、サンドラがそっと手を添える。

「そこから彼女の姿は確認できていない」

二人の姿を一瞥して、カイが説明を続けた。

「大使館を出れば、月の領分だ。近くに設置してあるある全てのカメラを確認したが、どこにもリリアンは映っていない」

「月の警察……は、無理か」

「ああ」

三四郎が宙に視線を据えた。

「リリアンがいなくなってから、どのくらい経《た》った？」

「彼女が正門を出てから96分だ」

時計に視線を落としたカイが即答する。

「彼女の姿がどこにも映っていないということは、大使館を出てすぐに車に乗せられたと考えられる。今、彼女が正門を出た時間に大使館の通りにあった車全てを追っている。持ち主と行き先を虱潰《しらみつぶ》しにあたって車を特定するつもりだ」

カイは自分の持つ権限を全て使って捜査を始めていた。

「警察は動かせないし、正直言ってあてにならない。だが、警察のシステムは利用できる。車が特定できれば彼女の居場所も摑める。それは時間の問題だろう。ただし――」

淡々と説明して、カイが言葉を切った。

「動けるのは俺達だけなんだな」

「――そういうことだ」

「判った」

短く頷いて、三四郎が首から垂れ下っていたネクタイを引き抜いた。引き毟《むし》るようにドレスシャツを脱ぎ捨てる。

「アントナン」

「はい！」

手早く着替えながら呼ぶと、忘れられたまま一人気を揉んでいたアントナンが飛び上がった。

「おまえはパーティーの準備に行ってくれ」

「開催するんですか⁉」

「当然です。私もそれを言うつもりでした」

信じられないという顔をしたアントナンに、カイが答える。

「私が抜けた分をカバーしてください。絶対に悟られないように頼みます」

「でも――っ」

「これも重要な役目です。さあ、早く」

口調は丁寧ながら、それは有無を言わさぬ命令だった。狼狽えたアントナンがカイを見、その視線を三四郎、ロード、サンドラへと流して、きゅっと唇を噛んで頷いた。

「必ず取り戻してくださいね。罪もない女の子を誘拐するなんてひどすぎる！」

叫ぶように言って、アントナンは急ぎ足で部屋を出て行った。

「サンドラ」

革靴を脱ぎ捨て、ブーツを手に取った三四郎が呼んだ。顔を上げたサンドラが、熱っぽいのにどこか虚ろな視線で三四郎を見る。

「軍の中に、信用できる奴はいるか？」

「いるわ。三人、ううん、四人」

「だったらそいつらを動員して、突入準備をしてくれ」

サンドラの顔がぱっと明るくなった。

「あんたと一緒にリリアンを探すのね！」

「いや、俺は行かない」

三四郎が顔も上げずに答える。

「そっちは囮だ。俺達の動きを誰かが見張ってると考えなきゃいけないだろ？　さも秘密に動いているように装って、派手にコソコソして欲しいんだ」

「嫌よ!!」

必死に自分を抑えていたサンドラがついに叫んだ。

「三四郎の言うことは判る！　でも、それは別の誰かにしてもらうわ！　私は自分の手でリリアンを救け出すわよ!!」

「駄目だ」

必死の叫びを、三四郎が顔も上げずに切り捨てた。

「母親で、軍人でもあるあんたが、陽動に回ることが重要なんだよ」

「絶対嫌！　リリアンは私の娘なのよ!!」

「サンドラ」

ブーツを履き終えた三四郎が立ち上がった。自分を睨むサンドラの肩に両手を置き、今にも涙があふれそうな目を覗き込む。

「リリアンは俺が救い出す」

「――――っ」

「絶対に助ける。だから、言うことを聞いてくれ」

「さんしろ……っ……」

サンドラの唇が震える。彼女は二つの思いに切り裂かれていた。

母親であるサンドラは、リリアンの救出に向かいたい。そのスキルと行動力を持っているから尚更、自分の手で娘を救い出し、彼女を抱き締めたいと願っている。

しかし軍人であるサンドラは、三四郎の言うことが正しいと判っていた。誰かが監視しているとしたら、当然自分の行動を注視している。真っすぐに娘の元へ向かうのが当然だと考えるだろう。

その彼女が見当違いの方向へ走れば、監視者の目は彼女に引き付けられる。そこに隙が生まれれば救出は容易になり、結果的にリリアンの安全も保障される。

作戦行動を指揮する人間がどちらを選ぶかは明白だ。しかしサンドラは母親だ。頭で判っていても、心はついてこない。

唇をきつく噛み締め、大きく見開かれた目で今にも泣きそうに三四郎を見つめるサンドラは、彼女の娘にそっくりだった。

「……っ、判ったわ………」

長くて短い葛藤の後、手の甲で滲んだ涙を拭ったサンドラが小さく頷いた。

「よし、いい子だ」

三四郎が微笑む。

「その代わり、絶対にあの子を救け出して！　無傷で取り戻すと約束して!!」

「約束する」

「絶対よ！　リリアンに掠《かす》り傷《きず》一つでもついてたら、犯人と一緒にあんたも殺すわよ!!」

「判った」

威勢のいい言葉を吐きながらも、縋るように自分を見つめるサンドラに笑いながら頷いて、三四郎が彼女の肩を軽く押してドアへと向かわせた。

「サンドラが駄目なら僕が行くっ!!」

目を血走らせたロードが椅子を蹴って立ち上がった。

「ロードはカメラを分析してくれ」

「出来ない！　じっとしていられないんだ！」

叫びながら首を振り、脚を縺れさせながら三四郎に近寄る。

「頼む！　三四郎、僕を連れて行ってくれ!!」

「足手纏いなんだよ」

逞しい身体でのしかかるように詰め寄るロードを見上げて、三四郎が短く答えた。

「こんな場合だからはっきり言うぜ。あんたは冷静じゃない。経験もない。動揺する素人《しろうと》は現場を混乱させるだけだ」

「――――っ」

容赦のない言葉に、ただでさえ青かったロードの顔から一気に血の気が失《う》せる。

「本当にリリアンを助けたいなら、ロードはコンピュータの前にいるべきなんだよ」

紙のように白くなったロードを見上げて、三四郎が表情を和らげた。

「あんたは情報分析のプロだ。誰がやるより正確で早い。だから、あんたのスキルを全部使って、一刻も早く場所を特定してくれ。リリアンを見付けるとしたら、多分ロードだぜ」

ロードならリリアンを見つけられる。そう信じている。真っすぐに自分を見つめて断言する三四郎に、焦燥に引き攣っていたロードの顔に理性が戻ってきた。

「わ……判った！　だったらすぐに……っ!!」

「執務室のコンピュータを使ってください。警察と交通官制局のシステムにリンクしています」

ぐっと顎を引き、ドアに向かって走りだしたロードの背中にカイが声をかける。

「しっかりしてくれよ！　お父さん!!」

「判りしだい連絡する！　三四郎！　リリアンを頼むよ!!」

明るく呼びかけた三四郎の声に肩越しに頷いて、ロードは開きかけたドアに身体を捩じ込むようにして部屋を飛び出て行った。

「凱は知ってるんだろ？」

その背中を見送って、三四郎がカイを見た。頷いたカイが手首に巻かれた通信機を見せる。

「事件発生直後から連絡を取り続けている。今の会話もこれで」

「さすがに手回しがいいな」

にやりとカイに笑いかけて、三四郎が声を高めた、

「凱！　捜査本部は任せたぜ！　全員の動きを統括してくれ！」

——了解した。万が一向こうが連絡してきたら、交渉《ネゴシエイト》も引き受ける。

歯切れのいい凱の声が、間髪を入れずに応えた。

「ずっと聞いてたくせに何も言わなかったな。これでいいのか？」

——僕が言おうとしたことは、おまえが全部言ってくれた。口を挟む必要がなかった。

「あっそ」

珍しく自分を全面肯定した凱にくふんと笑って、三四郎が一人残ったカイを見る。

「あんたはパーティーまで凱といるんだろ？」

「いや、捜査の指揮はドクターに任せる」

身動きの取れない凱と一緒に本部を預かると思い込んでいる三四郎に、カイが首を振った。

「私はおまえと行く」

「はあ⁉」

真っすぐに彼を見上げ、短く答えたカイに、三四郎が目を見張った。

「パーティーは開催するんだろ⁉　あんたは主催者だろ⁉　ここにいなくてどうするんだ⁉」

「時間までには戻る。それまでにリリアンを救け出せばいいことだ」

「簡単に言うなよ！　ご両親の手前デカいこと言ったが、これはただの誘拐じゃないんだぜ！　向こうの作戦なんだよ‼」

「だからこそ、私が行くんだ」

「あんた――」

表情を険しくした三四郎がぐっとカイを睨んだ。

「まさか、自分の責任だからとかタワゴトをぬかすんじゃねえだろうな……」

だとしたら許さない。怒りのオーラをまとった三四郎が歯の間から言葉を押し出す。

「ふふ……、違う」

意外なことにカイが微笑んだ。きつい眼光をまともに浴びせられているというのに、カイの表情はやわらかい。

「………」

自分に向けられたカイの微笑を、三四郎が不思議なものでも見るように見つめた。

「忘れたのか？　私はリリアンの居場所を絶対確実に特定できるんだ」

「あ――……」

カイの言わんとしていることに気づいて、三四郎が目を見張る。

「私はリリアンの感情を読める。大雑把な場所さえ判れば、どんなレーダーより正確に彼女はここにいると指差すことが出来るんだ」

「…………」

「私は冷静だ。経験もある。絶対におまえの足手纏いにはならない」

まだ疑わしそうに見ている三四郎を真っすぐに見上げて、カイが淡々と告げる。

「何より、私はおまえのバディだ。私以上におまえの行動を助けられる人間はいない」

「――……」

三四郎が黙ってカイを見る。カイも無言で見つめ返す。互いを見つめる視線に躊躇はない。

「――判った」

短く言って、三四郎がぐっと顎を引いた。

「だったらすぐに出るぞ。車でロードの連絡を待つ」

言うなり、三四郎が走りだす。カイがすぐに後へ続く。

二人はお互いを見ていない。真っすぐ前を向き、同じ目標を見ている。

しっかり噛み合った歯車が動き出す。ギアが入った二人がトップスピードで走りだす。

肩を並べた二人の姿は、殆ど同時に部屋から消えた――。

あとがき

どうも、久能千明《くのうちあき》です。まずは本書をお手にとってくださったことを感謝いたします。

番外と言いながら有耶無耶《うやむや》のうちにシリーズ化してしまったカデンツァ、申し訳ありませんがまだまだ続きます。辞書で『番外』と『シリーズ』を引くと、矛盾していることが判って憂鬱《ゆううつ》になります。しかし、書いてる作者より番外シリーズという矛盾したブツを読まされてる読者様のほうがもっとヘンテコな気分になりますね。ごめんなさい。

なんて、愚痴《ぐち》とも泣き言ともつかないことを書いているのは、シリーズ途中で本編にあまり触れられないせいです。もう途中も途中で、色々なことを同時進行しながらじりじり進みつつラストがアレですから。だからこれは『あとがき』じゃなくて『なかがき』。

でもね、今回は少し余裕なんだな。毎回次はどうなるの!? アタシわかんない!! と悲鳴を上げて以下続刊になるのですが、『カデンツァ5』が80%以上上がっているので先が見通せてるんだな。

なんか毎回色々あって――殆《ほとん》ど自分の自堕落《じだらく》のせいなんですが――ラストとあとがきを同時進行してギリギリ出したり、もっとひどいと編集さんに家まで来てもらってその場で校正して即入稿とか、書いてから一年以上空いてやっと出版とか、山あり谷ありの状況ばかりだったもので。ひょっとすると、こんなに余裕を持って心静かにあとがき書くのは初めてかもしんない。

それでも順調ゆえの弊害はあって、あとがきを書いているこの本と今書いている続きがごっちゃになりそう。加速がついてるんで、振り返るのが難しいんです。

順調でも順調じゃなくても文句を言うんだな久能千明。焦らしのプロとか放置プレイの達人とか言われてるのを知らんのかおまへは!!

でもまあ、少し深呼吸して解説など。

今回、カイと三《さん》四《し》郎《ろう》の関係に新たな色が加わります。方向性が変わるというか一歩踏み込むというか、カイが気の毒というか……。

二人の間に生じた齟齬《そご》が、お互いの性格ゆえに一層噛み合わないものになっています。

そこで、Ｈがなにより苦手な久能さんが、苦心惨憺《くしんさんたん》して新たなＨの可能性を探ってみました。こんな機会でもないと書けないＨ。しかしこれは本当にＨ？　ってやつ。

どうかな？　これはＨとして通用するのかな？　ダメっていわれたらどうしよう。と、結構不安な内容になってます。マジ心配だったんだけどイラストの沖《おき》さんが気に入ってくれたので、ちょっとホッとしてるトコ。

長い付き合いの二人で、あれもこれもしていて、ただでさえ少ないＨバリエーションに息切れしてたんで、作者的には新鮮でした。しかし、皆様の感想は？　これはアリ？

そもそも初期設定の段階で心理と感情にとんでもない開きがある二人なんで、一緒にいればいるほど些細《ささい》な行き違いが『ちょっとしたこと』で済まなくなるのでは？　と思っています。どんなに親しくても、デロデロに愛し合っていたとしても、結局は他人同士。全てを判り合うことなど絶対にないと思ってます。

人間ってそんなに薄っぺらいもんじゃないでしょ？　自分の考えてることを全部理解している人もいないと思う。何をするか、どうしたいかなんて自分でも判らないのに、他人に判ってたまるかというのが私のスタンスなので。

だからといって寂しいとか冷たいということではなく、判り合えない同士が違いを乗り越え、それでも寄り添うのがベストであり理想なんじゃないかと。

でも、こいつらは一向にその理想に近づいてくれません。

考えない三四郎と考え過ぎるカイ。すれ違って噛み合わなくてもどかしい。その歯痒さもオツかなあと思っているのですが、皆様はどう思われますか？

心理面ではそんな風ですが、ストーリーはじわじわ進行してます。

次がイベントだらけなんで今回少し地味ですが、久能さんの大好きなアクションシーンに向けての布石を今回させていただきました。ジェットコースターに乗るための列に並んでるって感じ？

リリアン書くのが楽しくてもう！　女の子が身近にいないので愛が止まらない。身長百

あとがき

八十で体脂肪率十%の体育会系細マッチョなら二匹いるけど。

そんな縦にしても横にしても細長い奴らが半裸族で、家に帰ってくると玄関で靴、靴下、ズボン、ガクラン、シャツ、Tシャツの順で玄関に脱ぎ捨て、ハーフパンツいっちょで部屋に入ってくるの。それを今は亡き愛犬が汗で湯気のたつ制服二人分を嬉しそうに掻き集め、体重三十キロの巨体でプレスする。風呂上がりに全裸でうろつくしさあ。

そういうむさ苦しい環境にいるもんで、久能さんは少女というものに夢と憧れを持っていて、それを全てリリアンに注ぎ込んでます。

でも、あの子のファッションに関してはかなり後悔してる。脳内に可愛らしい少女服の在庫がゼロなんで、毎回凄く困ってます。苦悩のあまり沖さんに「助けて!」メールをして、「何事かと思った」と呆れられたもんね。

そんなリリアンが楽しいし、ロードパパもセットで楽しい。サンドラは今回出番少ないけど次回は派手に活躍します。カイと三四郎も進展……するのか?

そんなこんなで途中経過でした。次は一気に走ります。上になったり下になったりのノンストップです。当社比五割増しで頑張ってます!

なんて、最後は次刊の宣伝になっちゃった。すいません。でも頑張ってます! 次もお会いできることを熱望しております! ではでは!!

LYNX ROMANCE

小説原稿募集

リンクスロマンスではオリジナル作品の原稿を随時募集いたします。

募集作品

リンクスロマンスの読者を対象にした商業誌未発表のオリジナル作品。
（商業誌未発表のオリジナル作品であれば、同人誌・サイト発表作も受付可）

募集要項

＜応募資格＞

年齢・性別・プロ・アマ問いません。

＜原稿枚数＞

４５文字 ×１７行（１枚）の縦書き原稿、２００枚以上２４０枚以内。
※印刷形式は自由。ただしＡ４用紙を使用のこと。
※手書き、感熱紙不可。
※原稿には必ずノンブル（通し番号）を入れてください。

＜応募上の注意＞

◆原稿の１枚目には、作品のタイトル、ペンネーム、住所、氏名、年齢、電話番号、メールアドレス、投稿（掲載）歴を添付してください。
◆２枚目には、作品のあらすじ（４００字～８００字程度）を添付してください。
◆未完の作品（続きものなど）、他誌との二重投稿作品は受付不可です。
◆原稿は返却いたしませんので、必要な方はコピー等の控えをお取りください。
◆１作品につき、ひとつの封筒でご応募ください。

＜採用のお知らせ＞

◆採用の場合のみ、原稿到着後6カ月以内に編集部よりご連絡いたします。
◆優れた作品は、リンクスロマンスより発行させていただきます。
原稿料は、当社既定の印税でのお支払いになります。
◆選考に関するお電話やメールでのお問い合わせはご遠慮ください。

宛先

〒151-0051
東京都渋谷区千駄ヶ谷４−９−７
株式会社　幻冬舎コミックス
「リンクスロマンス　小説原稿募集」係

この本を読んでのご意見・ご感想をお寄せ下さい。

〒151-0051
東京都渋谷区千駄ヶ谷4-9-7
(株)幻冬舎コミックス　小説リンクス編集部
「久《く》能《のう》千《ち》明《あき》先生」係／「沖《おき》麻《ま》実《み》也《や》先生」係

リンクス ロマンス

カデンツァ4～青の軌跡＜番外編＞～

2015年1月31日　第1刷発行

著者……………久《く》能《のう》千《ち》明《あき》

発行人…………伊藤嘉彦

発行元…………株式会社　幻冬舎コミックス
〒151-0051　東京都渋谷区千駄ヶ谷4-9-7
TEL 03-5411-6431（編集）

発売元…………株式会社　幻冬舎
〒151-0051　東京都渋谷区千駄ヶ谷4-9-7
TEL 03-5411-6222（営業）
振替00120-8-767643

印刷・製本所…共同印刷株式会社

検印廃止

ISBN978-4-344-83322-7 C0293
Printed in Japan

幻冬舎コミックスホームページ　http://www.gentosha-comics.net